O ANJO PIRATA, A ÁRVORE
FALANTE E O CAPITÃO GUAXINIM

STEVE BEHLING

São Paulo
2020
EXCELSIOR
BOOK ONE

Avengers: Endgame: The Pirate Angel, The Talking Tree, and Captain Rabbit
© 2020 MARVEL. All rights reserved.

Tradução © 2020 by Book One
Todos os direitos de tradução reservados e protegidos pela Lei 9.610 de 19/02/1998. Nenhuma parte desta publicação, sem autorização prévia por escrito da editora, poderá ser reproduzida ou transmitida sejam quais forem os meios empregados: eletrônicos, mecânicos, fotográficos, gravação ou quaisquer outros.

Primeira edição Marvel Press: abril de 2019

EXCELSIOR – BOOK ONE
TRADUÇÃO **Cássio Yamamura**
PREPARAÇÃO **Diogo Rufatto**
REVISÃO **Rhamyra Toledo** e **Sylvia Skallák**
ARTE, CAPA E
DIAGRAMAÇÃO **Francine C. Silva**

ILUSTRAÇÃO DA CAPA DURA **Veronica Fish**
DESIGN ORIGINAL **Kurt Hartman**

Dados Internacionais de Catalogação na Publicação (CIP)
Angélica Ilacqua CRB-8/7057

B365v	Behling, Steve	
	Vingadores: o anjo pirata, a árvore falante e o capitão guaxinim / Steve Behling. – São Paulo: Excelsior, 2020.	
	160 p.	
	ISBN 978-65-80448-23-4	
	1. Vingadores (Personagens fictícios) 2. Super-heróis 3. Ficção norte-americana I. Behling, Steve II. Yamamura, Cássio	
20-2096		CDD 813.6

SIGA NAS REDES SOCIAIS:
@editoraexcelsior
@editoraexcelsior
@edexcelsior

editoraexcelsior.com.br

CAPÍTULO 1

— Ei! Não toca nisso!

A voz pertencia a Rocky, assim como tudo o que havia na nave.

Rocky aguentava praticamente qualquer coisa ou criatura, desde que a coisa ou criatura não ficasse no seu caminho.

Mas bastava olhar uma única vez para Thor, Filho de Odin, para ver que esse cara definitivamente *estava* no seu caminho.

Quando Rocky viu Thor levar uma das mãos até o painel de controle geral do veículo, decidiu que era hora de impor limites. Não importava se o cara era um homem, um deus, ou o belo filho de um pirata com um anjo.

— Eu não ia tocar em nada — disse Thor, com um tom que sugeria que era *exatamente* o que ele ia fazer.

Rocky levantou a sobrancelha direita; seus lábios formaram uma expressão sardônica.

– Não adianta mentir para um mentiroso – disse. – Só não chegue perto de nenhum dos controles. São todos bem delicados. Como o seu rosto. – Ele expôs os dentes, algo próximo de um sorriso.

– Eu não tenho um rosto delicado – Thor contestou, um tanto na defensiva.

– Qual é, tem sim – Rocky alfinetou. – Um pouco delicado. Relaxa, não tem nada de errado nisso.

– Eu sou Groot.

Rocky virou a cabeça com força, quase colidindo com o alienígena adolescente arbóreo que estava atrás dele, em pé. Groot era bom em chegar perto das pessoas sem ser notado, um dos vários hábitos irritantes que ele adquirira desde que essa fase pubescente (ou seja lá qual fosse o nome disso) chegou com tudo à jovem árvore.

– Ei, o que te falei sobre insultar nosso convidado? – Rocky repreendeu, balançando a cabeça. – Se alguém aqui pode insultar os outros, esse alguém sou eu.

Groot olhou para Rocky e fez uma imitação impressionante – mas petulante – da expressão jocosa que Rocky lançara a Thor segundos antes.

– Eu sou...

– Não termina essa frase – Rocky advertiu.

– Gr...

– É sério! Você quer ficar proibido de usar o tablet por uma semana? É só terminar de dizer o que você tá pensando em dizer.

Se Groot tivesse bolsos, ele, pirracento, colocaria as pontas de seus membros neles, se viraria resmungando e se retiraria. Como ele não tinha bolsos, depois de encarar

Rocky, ele simplesmente se afastou, mas não sem antes murmurar:

— Eu sou Groot.

— É uma fase esquisita — Rocky tentou explicar a Thor, voltando a sua atenção para o painel de controle geral.

— Adolescência nunca é fácil — Thor disse, olhando por sobre o ombro de Rocky. — Lembro de quando Loki e eu éramos pequenos. Loki se transformou em uma serpente e, como eu gostava muito, muito de serpentes, eu fui e a peguei. Mas no momento em que fiz isso, a serpente voltou a ser Loki, e aí ele me apunhalou.

Passaram-se pelo menos dez segundos antes de Rocky se manifestar. E, quando o fez, ele suspirou e disse:

— Por que eu tenho a impressão de que você conta essa história o tempo todo? Tipo, O TEMPO TODO?

Thor deu um sorriso melancólico.

— De vez em quando, talvez — admitiu.

— Aposto que esse tal de Loki se diverte bastante toda vez que você conta — Rocky disse, com uma risadinha.

O sorriso no rosto de Thor sumiu no mesmo instante.

— Não mais — foram as únicas palavras que Thor conseguiu proferir antes de dar as costas àquela conversa.

Rocky e Thor só se conheciam havia algumas horas. Eles tinham se encontrado em circunstâncias ruins, que pareciam ser o único tipo de circunstância com que Rocky se deparava ultimamente.

Os Guardiões da Galáxia haviam captado o pedido de ajuda de uma nave desconhecida e viajado até as últimas coordenadas recebidas numa missão de resgate urgente. Bem, talvez o motivador da missão fosse menos o resgate e mais a possibilidade de receber uma grande recompensa. Os cofres da nave estavam se esgotando, e, custosa como sempre, a tripulação buscava fazer o bem... mas também arrecadar fundos.

Porém, ao chegarem, os Guardiões só encontraram destroços voando pelo espaço. E cadáveres. Parecia que todos a bordo da nave atacada haviam sido mortos por uma ou mais entidades desconhecidas.

Ou pelo menos era o que achavam até alguém bater na cabine da Nave dos Guardiões.

Depois de trazer o sobrevivente a bordo, Rocky e os Guardiões descobriram que o homem/deus/filho de pirata com anjo se chamava Thor e era de Asgard. Também descobriram que a nave sob ataque era de origem asgardiana e que ela tinha sido destruída por Thanos.

Thanos, o chamado Titã Louco.

Rocky achava que Thanos era um tremendo de um babaca, não só por destruir a nave asgardiana e seus passageiros, embora por esse motivo também. Não, Rocky achava que ele era um babaca por tudo o que ele havia feito à colega Guardiã e amiga Gamora, filha de Thanos.

Ele ouvira em primeira mão aquilo pelo que Gamora passara sob a custódia de Thanos, começando pela vez em que ele matou metade do povo dela, os zehoberei, e a levou embora como sua "filha" adotiva. Ele jogou Gamora contra outra "filha", Nebulosa, alimentando uma rivalidade mortífera entre as duas e visando transformar ambas em perfeitas máquinas de matança.

Funcionou. E, por um bom tempo, isso custou às duas mulheres suas próprias almas.

Babaca.

– Você está de mau humor, guaxinim – disse Thor, balançando a cabeça.

– Eu? De mau humor? Por que será, né? – disse Rocky com sarcasmo. Com certeza não tinha nada a ver com a prole pirata-angelical confundindo-o com um guaxinim o tempo inteiro.

– Eu sou Groot – disse a árvore, tentando sorrateiramente olhar por cima do ombro de Rocky.

O Guardião diminuto rapidamente levou seu tablet ao peito, em seguida saindo de seu assento.

– Pare de chegar de fininho nos outros assim! – Rocky gritou. – Quantas vezes preciso dizer? É esquisito!

– Eu sou Groot.

– Aff. Foi só criar um pouquinho de seiva que virou uma peste – disse Rocky enquanto caminhava até um compartimento, no qual deixou o tablet bem guardado.

– Por que eu tenho a impressão de que você diz isso para ele o tempo todo? Tipo, *o tempo todo*.

Rocky lançou um olhar desafiador para Thor.

– Você tá tirando uma com a minha cara?

– Não – disse Thor, com ar inocente. – Claro que não.

– Tá, sim – Rocky respondeu. – Você tá me zoando.

– De jeito nenhum – Thor reforçou.

– Até parece! – Rocky perdeu a paciência. – Você tá me imitando!

— Eu sou Groot — exclamou Groot de sua cadeira de rodinhas.

— Fica fora disso, árvore — Thor falou.

Rocky apontou um dedo bem na cara de Thor.

— Ei! Você não pode falar assim com ele! Só eu posso falar assim com ele. — Em seguida, virou-se para Groot. — Fica fora disso, árvore!

— Eu sou Groot.

Rocky voltou para o assento, no qual se afundou, e fechou os olhos.

— Rá. Espera só até eu contar pra Gamora sobre essa sua boquinha suja.

CAPÍTULO 2

Rocky estava ocupado.

Ele estava distraído fazendo ajustes na cápsula, e Groot se deu conta de que era uma ótima oportunidade de pegar o tablet que Rocky usava e ver quais tipos de jogos havia lá. Talvez houvesse uma coisa boa, algo que ajudasse a fazer o tempo passar naquele voo superchato com destino a sabe-se lá onde.

Groot arriscou uma olhadela para o tal de Thor, mas o sujeito estava ocupado fitando o espaço pela cabine; pelo seu rosto, parecia que sua mente estava a milhões de quilômetros de distância. Groot pensou em dizer algo a ele, talvez.

Que nada. Finalmente era hora de Groot se divertir um pouco. Apesar de todos os sermões que Rocky lhe dava sobre o tempo que passava jogando videogame, Groot apostava que era ele quem tinha os melhores jogos, todos escondidos no próprio tablet. Hipócrita.

Groot arrastou-se pelo chão com seus passos praticamente silenciosos até chegar ao compartimento no qual ele havia visto Rocky deixar o tablet antes. Groot estendeu seus dedos magros de madeira e tirou o tablet do lugar onde repousava.

Depois, atravessou novamente a cabine com o mesmo silêncio de antes até chegar a seu assento. Ele sentou-se, segurou o tablet nas mãos e olhou para a tela apagada. Ao deslizar os dedos, ele viu...

... nada.

A tela continuou preta. Groot coçou o alto da cabeça com seus dedos longos e magricelas que pareciam galhos.

Ele tocou a tela de novo.

Ainda nada.

Talvez fosse ativado por voz?

– Eu sou Groot? – ele sussurrou.

Também não funcionou.

– Eu sou Groot – disse, e não foi uma tentativa de adivinhar a senha. Foi um xingamento. Rocky não teria gostado de ouvir. Ou talvez gostasse.

Groot considerou por um momento dar um jeito de fazer com que Rocky tocasse a tela, algum truque para que ele passasse seu dedo peludo na tela na possibilidade de isso ligar o aparelho. Mas não parecia uma ideia tão boa, já que seria impossível dar certo.

Então ele sentou ali por um momento, olhando para a tela escura, pensando. E aí ele notou algo peculiar. Parecia que um canto escuro da tela estava... descolando? Isso com certeza era estranho. Groot pinçou o canto com dois dedos e puxou. Quando fez isso, a "tela apagada" foi removida, revelando o tablet totalmente desbloqueado.

Rocky deixava mesmo seu tablet desbloqueado e colocava uma tela falsa para esconder o fato de que estava ligado?

Groot mal podia acreditar. Ele sorriu e até quis gritar "Eu sou Groot!", mas achou melhor não. Em vez disso, ele praticamente correu até sua cadeira, sentou-se e contemplou o tablet. O que ele viu foi quase mais decepcionante do que uma tela preta.

Não havia jogo.

Não havia nenhum jogo.

Só havia um monte de palavras.

Argh. Que saco.

Groot usou seus dedos para passar pelas páginas e mais páginas de texto. O que era aquilo, algum tipo de livro? Ele nunca havia visto Rocky ler nada.

De repente, seus olhos notaram um trecho:

"*Acho que ele é uma árvore. Parece uma árvore.*"

Groot parou, pensou, aproximou-se e tentou usar seus dedos para ampliar o texto.

— Eu sou Groot — ele sussurrou para si mesmo. Não eram meras palavras.

Eram palavras *escritas por Rocky*.

E pareciam ser sobre Groot.

NOTA 3X-AFVM.2

Acho que ele é uma árvore. Parece uma árvore.

Digamos que ele seja uma árvore.

Gostei dele de cara. Não fala muito. Só as três palavras. De novo e de novo. Mas nunca conheci ninguém que dissesse tanto com um vocabulário tão limitado.

"Eu sou Groot." Quem ia imaginar que podia significar quase qualquer coisa?

Aliás, eu só gostaria de deixar claro para a posteridade e para quem acabar lendo isto aqui que este é um *diário de bordo*, o que é algo completamente diferente de um diário. E, pra falar a verdade, acho que não é nem mesmo um diário de bordo. Está mais para um lugar onde eu registro tudo o que penso e todas as coisas fantásticas que já fiz para que um dia a gentalha possa me celebrar e talvez construir um santuário ou coisa do tipo. Sei lá. Também aceitaria um museu.

Se Groot lesse isso, provavelmente diria "Eu sou Groot", o que me faria querer descer a mão nele.

Essa é a benção e a maldição de falar língua de árvore.

— O que é isso, árvore?

Groot levantou o olhar rapidamente, trazendo o tablet até o peito e em seguida deslizando-o para o lado.

— Eu sou Groot — respondeu, fazendo-se de inocente.

Thor sorriu com indulgência.

— Bem, não se preocupe, não vou contar pro guaxinim — ele disse. — Seu segredo está bem guardado comigo.

Ele tinha visto algo? Será que ele sabia o que Groot tinha feito?

– Eu sou Groot – Groot disse e então repetiu, um pouco mais rápido e em um tom mais desdenhoso, só para o caso de existir alguma dúvida: – Eu sou Grooooooot.

Thor ergueu uma sobrancelha.

– Ainda bem que eu sei que você não está sendo hostil comigo, porque quase dá para achar isso.

Xeque-mate.

– Eu sou Groot.

– Vou deixar passar desta vez – Thor disse, voltando a olhar para a janela da cabine e para a vasta paisagem adiante. – Mas controle essa língua afiada. Se é que você tem língua.

Groot perguntou-se o que era uma língua.

Mas, mais importante, ele se perguntou por que nunca havia visto Rocky escrever neste diário de bordo ou seja lá o que fosse. Eles passavam tanto tempo juntos. Parecia que Rocky escrevia ali pelo menos desde que ele e Groot se conheciam, caso a primeira nota fosse indicativa de algo. Será que Groot era tão ensimesmado que simplesmente nunca percebera?

– Eu sou Groot – constatou para si mesmo, anuindo com a cabeça. Sim. Era sim.

Um sorriso surgiu no rosto de Groot. Bem, agora ele sabia, isso já era algo. Esperava que Rocky continuasse ocupado por um tempo para que ele pudesse ler um pouco mais. Se ele encontrasse informações bastante constrangedoras, talvez pudesse usá-las para reivindicar mais tempo no videogame.

Groot discretamente girou a cadeira de lado e começou a espiar o tablet. Ele passou pelas notas com a barra de rolagem e parou em uma qualquer para começar a ler.

✱
NOTA 3X-AFVM.6

Este planeta é um lixão. Literalmente. Está cheio de entulho. O que faz sentido, já que é onde a maioria dos planetas do setor joga seu lixo.

Até o nome do planeta tem jeito de lixão: Glabos.

Quem dá esses nomes pros planetas? Gente que quer ser odiada por todo o universo?

Glabos.

Dá um tempo.

Estamos aqui faz uma hora, e é uma hora da minha vida que nunca vou recuperar. Groot e eu viemos porque ouvimos dizer que tinha uma boa oportunidade de ganhar dinheiro aqui. Mas quando chegamos aqui... Surpresa! Não tinha oportunidade.

Sabe o que *tinha*? Pode tentar adivinhar. Eu espero.

Você nunca vai adivinhar, então deixa que eu te conto. O que aconteceu foi o seguinte: nós pousamos a nave, que era mais roubada do que não roubada, se é que me entende. E, assim que saímos da nave, fomos atrás do nosso contato que disseram que estaria lá e que, é claro, não estava lá, o cretino, depois voltamos e encontramos nossa nave depenada.

O Groot "Eu sou Groot", e com razão. A gente devia saber que, quando você pousa num lixo de planeta, você deve esperar lixo.

E foi lixo o que ganhamos.

A nave já era. Não dá pra fazer ela voar, não sem muitos reparos. E eu é que não vou colocar peças que não tenho numa nave que não é minha.

Então agora precisamos arranjar um jeito de sair desta bola de lama. Precisamos sair e explorar o assentamento aqui perto, ver se lá tem um bar ou coisa do tipo. Uma bebida cairia bem, e talvez encontremos algo de útil.

Ou talvez a gente acabe se metendo em uma briga. Isso também me cairia bem.

CAPÍTULO 3

NOTA 3X-AFVM.11

Adivinha só? Aquela briga que eu estava procurando? Encontrei. Ah, e foi uma maravilha. Você tinha que ver como ficou o outro cara! Acertei ele bem no olho!

E no outro olho.

E no outro olho.

E no... bem, acho que você entendeu.

O que quero dizer é que o bicho era cheio de olhos.

O assentamento é bem pequeno, só um punhado de estabelecimentos que parecem ser feitos de qualquer sucata que possa ser encontrada. Eu perguntei para o barman a respeito disso, e ele disse para mim e para Groot que essa era a área de jardinagem de Glabos.

É isso.

O bar estava cheio. Além de planetas jogarem seu lixo neste buraco, vários pilotos usam Glabos como ponto de parada entre serviços quando não querem ser encontrados.

Imagino que seja porque mesmo se alguém soubesse que você está em Glabos, a pessoa nunca – nem em um milhão de anos – viria até aqui, de tão horrível que é o lugar.

Não poderia condená-las por isso. O cheiro está mexendo comigo pra valer. E, como todo mundo sabe, eu tenho um olfato altamente refinado. É uma das minhas qualidades mais invejáveis.

O barman – que eu chamo de "Gus", embora esse não seja o nome dele – disse que eu e Groot não éramos exatamente bem-vindos ali. Perguntei o porquê, e ele disse que era porque parecíamos ser do tipo que não pagava as próprias bebidas.

Argumentei que isso era absurdo, mas não porque ele estava errado. Digo, ele estava cem por cento certo. Eu não pretendia pagar bebida alguma. Mas era absurdo ele dizer isso sem nos conhecer de fato.

Enfim, antes que eu pudesse fazer um barraco, Groot colocou algumas unidades na bancada – porque se tem uma coisa que Groot detesta é quando as pessoas fazem suposições a respeito da gente – e o barman nos providenciou bebidas. O bom e velho Gus.

Nos sentamos em uma mesa, e foi aí que notei o cara cheio de olhos. Era como uma gelatina grande e redonda, com esse monte de tentáculos óticos saindo dele. E ainda tinha os braços e mãos. Uns seis, embora Groot depois tenha dito que contou pelo menos oito. Particularmente, acho que ele estava exagerando pra ter uma boa história pra contar depois.

– Ora essa, um cara com seis braços e um zilhão de olhos não é uma história boa o suficiente? Ele agora precisa ter oito braços? – falei pra ele.

— Eu sou Groot — ele disse, e eu soube que não ia ter como convencê-lo do contrário. Se bobear, ele está escrevendo uma nota com a sua própria versão agora mesmo, contando vantagem.

Do que eu estava falando? Ah, sim, do cara gelatinoso dos olhos. Então Groot e eu estávamos sentados neste chiqueiro, cuidando das nossas vidas, quando o cara dos olhos veio até nossa mesa. No começo, ele não disse nada. Só ficou parado ali, olhando pra gente. Porque, sejamos sinceros, com aquele monte de olhos, que outra coisa ele iria fazer?

Finalmente, eu disse:

— Por que você não tira uma foto? Vai durar mais tempo.

Ele continuou sem dizer nada. E acho que foi aí que percebi que era porque ele não tinha boca.

Em vez disso, ouvi a voz dele na minha cabeça. O cara era telepata, no fim das contas. Ele me disse que seu nome era Skoort e que estava me procurando.

Dentro da minha cabeça, perguntei:

— Por quê?

E aí Skoort pensou:

— Porque estou com a nave de vocês. Bem, com peças dela, pelo menos.

CAPÍTULO 4

— Você não tá fazendo nenhum barulho daí onde está. Não gosto disso.

Groot sobressaltou-se no assento e olhou por cima do próprio ombro. Ele viu Rocky na cadeira de capitão, contemplando o espaço sideral.

— Eu sou Groot — Groot rosnou. Ele parecia bravo, mas estava espantado; aparentemente, Rocky conseguiu ser mais sorrateiro do que ele. Como ele sabia que Groot estava fazendo algo escondido? Era como se tivesse olhos na nuca ou algo assim.

Groot suspirou antes de dizer, em uma voz mais leve, para Rocky:

— Eu sou Groot.

— É só que, quando você tá quieto, costumo partir do princípio que você tá aprontando algo — Rocky respondeu ao amigo. — Quer dizer, acho que o Thor tem um bom motivo pra estar quieto. Ele acabou de perder todo mundo com quem se importa.

Thor olhou para Rocky. O olhar do asgardiano parecia capaz de abrir um buraco na sua cabeça.

– Desculpa se falei algo de errado – Rocky murmurou.

Groot deu de ombros.

– Eu sou Groot.

– Ah, é, você é *bastante* sensível – Rocky disse enquanto ajustava os controles da cápsula. – Não me vem com essa.

– Eu sou Groot – Groot sibilou, em seguida voltando a olhar para o tablet. Com ele encolhido na cadeira, segurando o aparelho de perto, Groot sabia que Rocky pensaria que ele estava apenas jogando videogame. Ele não tinha como saber que Groot estava lendo suas anotações.

Ou tinha?

NOTA 3X-AFVM.18

Quando Skoort disse que estava com peças da nossa nave, não era brincadeira. Ele colocou uma de suas seis mãos dentro do próprio corpo gelatinoso, o que foi uma das coisas mais nojentas que já vi. Depois, remexeu seu interior por alguns segundos até retirar a mão, que agora segurava um tubo iônico mestre. Tubos iônicos mestres são meio que importantes, porque sem eles o motor da sua nave não vai funcionar direito. Ou funcionar, ponto.

Não só era um tubo iônico mestre como era o tubo iônico mestre *da nossa nave*. Sei disso porque estava sem a trava de segurança. Tirei a trava do nosso tubo pra que a gente conseguisse arrancar um pouco mais de velocidade do motor. Claro, o lado ruim de fazer isso é que o motor pode explodir. Mas tudo tem um risco, sabe?

Enfim. Skoort estava sentado na nossa frente, rodando MEU tubo iônico mestre em uma de suas mãos gosmentas. E aí ele sorriu pra mim. Pelo menos, *acho* que sorriu pra mim. Era difícil ter certeza, porque ele não tinha boca, só uma série de narinas pelas quais respirava. Elas se curvaram para cima de um jeito que parecia um sorriso, o que era extremamente assustador.

– Uau, parece que você TEM MESMO peças da minha nave – pensei na minha cabeça, que é onde geralmente gosto de pensar. – Me dá um bom motivo para eu não te fritar aqui e agora.

– Porque, se você fizer isso, nunca vai recuperar o resto da nave – Skoort respondeu em pensamento. Depois, inclinou-se pra mais perto e sorriu (mais uma vez, é difícil ter certeza) ainda mais. Não gostava do cara, mas tinha que admirar a coragem dele.

– Estou ouvindo, Skoort – pensei para ele. E, se eu for sincero, provavelmente pensei mais um monte de coisas que eu não gostaria de escrever aqui, já que isto é pra posteridade. Mas quem sabe eu faça um anexo.

– Sei por que vocês estão aqui – Skoort pensou, mantendo a maioria dos olhos em mim enquanto alguns se enrolavam ao léu, como se procurassem algo. – E sei que seu contato, como podemos dizer... faleceu?

– Morreu? – falei em voz alta, esquecendo por um segundo com quem estava falando. E aparentemente falei alto o suficiente pra que todas as cabeças no bar se virassem para me encarar.

– O que vocês estão olhando, manés? – gritei.

– Eu sou Groot! – o grito irrompeu ao meu lado, com um tom ameaçador.

– EXATAMENTE! – eu disse, feliz por ter o apoio do meu amigo.

– Por favor, tentem manter a voz baixa – Skoort pensou. – Ou não falem nada, de preferência. Como eu dizia, seu contato está morto. Uma certa... discordância em relação aos termos, digamos.

– Imagino – pensei para a bolha. – Então você matou nosso contato e agora virou nosso novo contato. E pegou minha nave.

– Peças da sua nave – Skoort respondeu.

– Detalhes – ralhei na minha cabeça. – Quero minha nave de volta, senão a gente nem vai discutir o serviço.

Skoort reclinou o corpo de gelatina de volta ao assento e colocou quatro mãos no que imagino que fosse seu equivalente a uma nuca. Depois, pensou:

– Ou...?

– Ou... – pensei – ... deixo Groot usar você como seiva.

Skoort fitou Groot, que estava ocupado colocando uma bebida na boca. Ele terminou a bebida, bateu a caneca na mesa e encarou Skoort.

– Eu sou Groot – ele disse, devagar.

– Sim, imagino que ele faria isso – Skoort pensou. – Muito bem. Darei o tubo iônico mestre como um gesto de boa vontade.

Ele então soltou o tubo coberto de gosma na mesa à minha frente. Parecia bem nojento.

Então fiz Groot tocar primeiro.

– Eu sou Groot!

Ele relutou. Bebezão. Peguei a peça, de qualquer modo.

— E então, qual é a tarefa? – pensei, ansioso para realizar o serviço, ser pago, recuperar minha nave e dar o fora de Glabos.

— Ah, acho que você vai gostar – Skoort pensou. – Preciso que roubem um núcleo.

— Maravilha – pensei. – Um núcleo. Um núcleo *de quê*?

— Nada demais – Skoort disse, com um risinho que fez seu corpo gelatinoso inteiro balançar de cima para baixo. – Só deste planeta.

— Espera… como é?

— Eu sou Groot?

CAPÍTULO 5

NOTA 3X-AFVM.19

Não sabia disso, mas Groot pesquisou pra gente e descobriu que o principal motivo pelo qual todos jogam suas porcarias nesse lixão de planeta é o seu núcleo. Não é um núcleo normal. É o que chamam de um núcleo endotérmico. É do tamanho de uma bolinha de gude e tem uma temperatura de aproximadamente quinze milhões de graus, com margem de erro de alguns milhões de graus.

O que estou tentando dizer é que é quente.

E esse núcleo endotérmico produz tanto calor que pode incinerar qualquer coisa. Então algum babaca empreendedor se tocou de que podia usá-lo pra queimar lixo e que dava pra ganhar bastante dinheiro desse jeito.

É por isso que o planeta Glabos é um grande depósito de lixo.

Todo dia se descobre algo novo, querendo ou não.

Tudo de que Skoort precisava era que eu e Groot entrássemos escondidos no centro de processamento onde eles mantinham o núcleo endotérmico e o roubássemos.

– Só por curiosidade – pensei –, como vamos roubar algo com temperatura de quinze milhões de graus? Quer dizer, tenho a impressão de que só de pegar a coisa, viraríamos...

– Cinzas? – Skoort pensou, completando meu pensamento, o que não foi nem um pouco confuso. – Sim, claro que virariam. Mas é por isso que vocês precisarão disso. – Ele então colocou outra mão dentro do corpo viscoso e tirou dele uma caixa metálica pequena.

– O que é isso? – perguntei.

– Eu sou Groot – disse Groot.

– Eu sei que é uma caixa – respondi bruscamente; admito que estava um pouco irritado. – Qualquer um consegue ver que é uma caixa.

– Não é uma simples caixa – Skoort pensou. – É feita de omnium.

– Ótimo – pensei. – E isso importa porque...?

Se você nunca viu um cara com um monte de olhos rolá-los todos de uma só vez, você não sabe o que é a vida. Porque foi isso que Skoort fez em reação ao que eu disse, e foi sensacional.

– Omnium é o único material capaz de conter o calor do núcleo endotérmico. O processador no qual o núcleo endotérmico está contido é feito do mesmo material.

– Agora você só tá inventado coisas – falei alto, mais uma vez me esquecendo, em meio à minha agitação, de quem estava falando comigo. – Não é? Quer dizer, é meio difícil de acreditar nisso tudo.

Skoort não deu outro rolar de olhos; apenas me encarou, bravo. Assim como vários dos clientes do bar.

– Silencie. Sua. Voz – Skoort pensou. – Ou alguém vai silenciá-la.

– Isso é uma ameaça? – pensei.

– Não – respondeu Skoort. – É um fato.

– Eu sou Groot – disse a árvore, balançando a cabeça.

– Somos dois – murmurei.

– Esta "caixa", como vocês se referem a ela, é capaz de absorver o núcleo. É só colocá-la ao lado do processador e ela atrairá o núcleo endotérmico para dentro de si. Depois disso, traga-a para mim. Enquanto isso, cuidarei para que sua nave seja consertada e o pagamento fique ajeitado – Skoort pensou.

Eu me inclinei para a frente e tomei um longo gole da minha bebida.

– É uma oferta difícil de contestar – pensei para ele. – Não parece que Groot e eu temos muita escolha aqui.

– Vocês não têm – Skoort pensou, levantando-se da cadeira. – Mas, se fizerem o que falei, ganharão uma bela recompensa. E você e seu amigo arbóreo podem sair de Glabos como vieram: pacificamente.

Foi aí que eu bufei. E comecei a rir. Quase incontrolavelmente.

Skoort me fitou com todos os olhos.

– Por que está rindo? – perguntou.

– Groot e eu? Não vamos a nenhum lugar pacificamente – respondi em pensamento para ele.

– Eu sou Groot.

Meu amigo concordou.

CAPÍTULO 6

NOTA 3X-AFVM.23

Seria de imaginar que um centro de processamento com algo tão valioso quanto um núcleo endotérmico em seu interior fosse fortemente protegido. Mas você estaria errado em pensar assim.

Era ainda mais fortemente protegido do que isso.

– Quantos idiotas eles têm plantados neste lugar? – perguntei a Groot, que estava empoleirado no mesmo monte de sucata que eu. Nós saímos do bar e do assentamento. Saindo dali, o resto é lixo. Literalmente lixo. Por todos os lados. Só montes de naves velhas e usadas, lixo, naves cheias de lixo e, por fim, mais lixo.

Skoort nos deu as coordenadas do centro de processamento e até nos confiou sua própria nave para ir até lá. Ele não quis se aproximar também "por motivos profissionais", o que imagino ser o código para dizer: "Sou preguiçoso e covarde". Tenho quase certeza de que decodifiquei certo.

Mas enfim. Eu e Groot percorremos esse ferro-velho colossal depois de pousarmos o mais próximo das coordenadas que podíamos, em seguida escalando uma torre de lixo para ter um ponto de vista mais avantajado. Abaixo de nós, podíamos ver uma série de esteiras rolantes, todas levando ao processamento central, onde o núcleo endotérmico queimaria todo o lixo sem deixar resquícios.

Dei uma olhada através de um binóculo, em seguida entregando-o a Groot, que olhou com ele por um momento e, em seguida, o jogou no lixo abaixo de nós.

Bem, nada de binóculos agora.

– Tem guardas em posto por toda a instalação – sussurrei a Groot. – Parece ter uns cinquenta.

– Eu sou Groot – ele respondeu.

– Sério, 52 guardas? Exatamente? Como você sabe? Você jogou fora os binóculos sem nem olhar direito.

– Eu sou Groot.

– Tá bom, tem 52 guardas. Não quero discutir. Só quero entrar lá, pegar o núcleo e sair. O acesso mais fácil será pelas esteiras rolantes – falei e comecei a remexer o monte de lixo. – Vamos nos esconder no meio do lixo para entrar.

– Eu sou Groot.

– Ora essa, você se acha bom demais para se disfarçar de lixo?

NOTA 3X-AFVM.24

A esteira rolante foi uma das melhores/piores ideias que já tive. Era uma das melhores porque nós de fato conseguimos entrar no centro de processamento sem sermos notados por nenhum daqueles manés.

Era uma das piores porque, no fim das contas, as esteiras levavam a gente diretamente pra um lugar que depois descobrimos ser chamado de "o poço de derretimento".

E adivinha só? O poço de derretimento é exatamente o que você imagina. É um poço enorme. E derrete as coisas.

Coisas como nós.

Mas não nos derreteu. Por pouco. Tenho que agradecer a Groot por isso.

A gente estava escondido dentro do casco de um cruzador velho classe-5, do tipo que gente rica usava para passar as férias em um desses planetas-resort. Ainda tinha alguns assentos parafusados na nave, então nos escondemos embaixo deles – o que, preciso dizer, foi mais fácil para mim do que para Groot, porque ele não é exatamente o que você chamaria de pequeno.

O veículo inteiro cheirava a bronzeador, o que, para minha surpresa, me deixou com ânsia de vômito. Achei engraçado o fato de que o fedor azedo de lixo não me fez querer vomitar, mas o cheiro de bronzeador me fez querer botar tudo pra fora na primeira fungada.

São esquisitas as coisas nas quais se pensa.

Mas então, o plano estava dando certo e nós não demos nem um pio enquanto andávamos na esteira rolante, passando pelos guardas.

– Tá um pouco quente, né? – sussurrei para Groot.

– Eu sou Groot – ele disse, se encolhendo com suas pernas de árvore quase tocando o rosto, e foi aí que percebi que não estava só um pouco quente.

Estava MUITO quente.

Sabia que tinha alguma coisa errada, mas a gente ainda não estava dentro do centro de processamento. Se a gente desse o fora da nave, os guardas nos veriam e a gente teria que lidar com um tiroteio dos grandes. Não que eu não preferisse assim, mas aí nossas chances de pegar o núcleo e sair de lá sem sermos vistos caía para zero.

Então a gente continuou onde estava até entrar na central de processamento. Assim que olhamos pela janela do veículo, vimos para onde a esteira rolante nos levava.

Direto para o poço de derretimento. Chamas saíam da fornalha enorme que estava ao fim da esteira. As paredes haviam se estreitado e agora estavam encostadas às laterais da esteira. Pensei que a gente talvez pudesse trepar em algo e escapar, mas não tivemos essa sorte. Fiquei a um centímetro da superfície antes de sentir minhas mãos começarem a queimar.

– Que droga – falei.

– Eu sou Groot.

E como ele tinha razão.

As chamas se aproximavam. Ou melhor: nós nos aproximávamos das chamas.

De um jeito ou de outro, a gente ia se queimar.

CAPÍTULO 7

NOTA 3X-AFVM.24.5

Lembro de ter falado para Groot que, se ele tivesse alguma ideia genial, era um bom momento para dizer.

E lembro que ele só olhou para mim e deu de ombros. Pelo menos, acho que foi esse o gesto. É meio difícil de ter certeza com ele. Mas quanto mais tempo eu e Groot passamos juntos, mais fácil fica de descobrir o que ele quer dizer. Então, nesse caso, acho que ele dizia "não".

Nada prestativo.

Então eu tinha que resolver.

Nós estávamos sendo levados pela esteira escondidos por aquele pedaço enorme de metal, suando feito dois porcos enquanto chamas escapavam da fornalha gigante. Era como encarar a condenação eterna, só que mais quente.

– Eu sou Groot – ele disse.

Então eu respondi:

— Não gosto desse seu tom de voz. Você acha que eu não tô com calor? Acha que eu quero morrer? As respostas são "Tô, sim" e "Não quero, não!".

A coisa estava bem feia pro nosso lado quando uma coisa engraçada aconteceu. Digo, não engraçada no sentido "haha". Estava mais para engraçada no sentido de "essa é a coisa mais estranha que já vi acontecer".

Em um momento, a esteira rolante estava andando, nos levando para mais perto da morte certa. No outro, a gente ouviu um estrondo ensurdecedor e a esteira parou completamente. Em seguida, uma fumaça preta grossa começou a vir de todos os lados. Não dava pra enxergar nada!

— Que sorte a nossa — falei para Groot. — Alguma coisa deve ter emperrado a máquina. É a nossa chance de sair daqui e pegar o núcleo endotérmico!

A fumaça foi uma dádiva, e não me importava quem fosse o responsável. Eu ia aproveitar. Ouvimos o barulho de funcionários, gente se amontoando para tentar consertar o problema da esteira rolante, seja lá o que fosse. Escutamos o som de pessoas se aproximando, e, pouco depois, ouvi alguém bem perto de nós.

Peguei a pessoa pela perna e a puxei para o chão. O sujeito não conseguia ver nada no meio da fumaça, até que o arrastei para perto de mim e de Groot. Você deveria ter visto a cara dele! Qualquer que fosse a coisa que ele esperava, com certeza não era a gente.

O cara tentou gritar, mas Groot socou-o com uma de suas mãos grandes e o deixou inconsciente. Me lembre de nunca deixá-lo bravo.

Depois disso, tiramos as luvas resistentes ao calor das mãos do sujeito desmaiado. No dorso de uma das luvas tinha um chip pequeno.

– Eu sou Groot!

– É, eu vi – falei. Também sabia o que era. Aquele chip dava acesso a qualquer lugar na instalação. Era assim que os funcionários andavam pela central de processamento. Vesti as duas luvas e corri em meio à fumaça junto com Groot.

Nós chegamos à ponta da esteira rolante e ainda não enxergávamos nada. Imaginei que houvesse alguma escada por ali, algo que os funcionários usassem para descer até a esteira.

Mas onde estava?

Nós não tínhamos muito tempo. A fumaça estava se dissipando e um dos funcionários já havia descoberto o cara que derrubamos. Tinha uma gritaria rolando e eles haviam começado a ficar apreensivos.

Pessoas são um saco.

A fumaça dissipou mais um pouco e eu consegui distinguir os degraus de uma escada na parede à nossa frente, só a alguns metros de distância.

– É pra lá que precisamos ir, Groot. Leve a gente até lá!

– Eu sou Groot.

– Não, eu não tenho uma ideia melhor.

Então, Groot se curvou até estar quase na altura do chão, estendendo um pouco os braços e pegando um dos degraus. Eu então pulei nas costas dele e fui até a escada. Comecei a subir. Groot veio atrás.

As coisas estavam indo bem.

Até não estarem mais.

CAPÍTULO 8

NOTA 3X-AFVM.24.6

Quando chegamos ao topo da escada, a primeira coisa que vi foi o cano de uma arma de raios.

O cara que a segurava parecia nunca ter usado uma arma antes. Ele estava trêmulo, o lábio superior vibrava e o corpo suava horrores. Que desastre de criatura.

– Olha só – falei para ele em uma voz baixa e neutra, tentando parecer confiante. – É o seguinte: nós dois sabemos que eu vou tirar a arma da sua mão, e depois meu amigo vai socar você na cabeça, e você vai desmaiar.

– S-se afaste! – o cara disse, com as mãos trêmulas. Ele ia acabar atirando na gente por acidente, de tão assustado que estava. Que belo jeito de morrer.

– Eu bem que gostaria de me afastar – respondi. – De verdade. Adoraria. Mas não é uma opção, então vamos resolver isso do jeito fácil, e…

Antes que eu me desse conta, um cipó serpenteou por cima do meu ombro e esmurrou o cara assustado na cabeça. Com força.

O cara caiu e derrubou a arma, que, por sua vez, imediatamente disparou uma rajada que por pouco não acertou minha cara. O sujeito bateu a cabeça com tudo no chão metálico, ficando completamente nocauteado.

– Precisamos nos comunicar melhor – falei para Groot enquanto pegava a arma no chão. – Eu podia ter morrido por sua causa!

– Eu sou Groot – foi tudo o que ele tinha a dizer para se justificar.

Atrevido.

Mas, ainda assim, preciso admitir, o ataque de Groot foi impressionante. Para um cara tão grande e que ocupava tanto espaço, como ele conseguia ser silencioso. Não dizia uma palavra, não fazia um som, só fazia seu trabalho. Tenho sorte de ter um parceiro assim.

Não conte a Groot que falei isso. Isso vai subir à cabeça dele, e ele não vai me deixar esquecer.

Com o obstáculo mais recente fora do nosso caminho, atravessamos um corredor até uma porta no seu fim que dava numa sala de controle. Considerando o que Skoort havia nos dito, era aqui que encontraríamos o núcleo endotérmico. Parecia que todo o pessoal estava ocupado no andar das esteiras rolantes, tentando descobrir o que havia quebrado. Não sei como teríamos chegado lá em cima se a máquina não tivesse pifado.

Nós chegamos à porta da sala de controle, e nela havia uma placa bem grande que dizia "PERIGO".

– Tem que ser aqui – falei e abri a porta.

Como esperado, vimos o núcleo endotérmico ali dentro. Era um negócio pequenininho, uma bola de gude. Mesmo através de um metro de proteção de concreto, o núcleo endotérmico brilhava com intensidade. Tivemos que desviar nossos olhos.

O negócio podia ser pequeno, mas eu não ia subestimá-lo. Isso seria como se alguém achasse que eu sou um cara bonzinho só porque não sou gigante. E isso seria errar feio, meu amigo.

— Agora vem a parte difícil – falei a Groot. – Precisamos achar um jeito de desligar o núcleo, colocar a geringonça que o Skoort deu pra gente perto dele e deixar que ela o absorva. Depois disso, a gente dá no pé.

— Eu sou Groot.

— Pois é, não é?

*

NOTA 3X-AFVM24.62

Você já teve um daqueles dias em que tudo parecia dar certo, como se você fosse invencível?

Meu dia não estava sendo assim.

— Eu sou Groot! – era tudo que ele dizia. De novo e de novo.

— Vi você fazer com meus próprios olhos! – gritei para ele. Eu estava furioso. Enquanto eu estava ocupado desligando a energia da unidade de contenção para que pudesse ter acesso ao núcleo endotérmico, Groot por acidente apertou um botão errado. Ele alega que não apertou, mas é óbvio que sim; caso contrário, o alarme não teria disparado!

— Eu sou Groot – murmurou.

Só ele, mesmo.

Ouvimos a confusão, as pessoas gritando e os passos subindo a escada de metal.

– Precisamos de uma distração, Groot. Faz alguma coisa explodir, rápido!

– Eu sou Groot! – ele disse e, sem hesitar, saiu correndo, me deixando encarregado de descobrir como extrair o núcleo endotérmico. No fim, isso se resumia a virar algumas chaves, o que foi fácil.

Por trás da proteção, o núcleo parou de brilhar.

Até então, tudo bem.

Depois, um cronômetro no painel de controle que estava na minha frente começou uma contagem regressiva de trinta segundos. Essa era minha situação. Eu tinha trinta segundos para extrair o núcleo endotérmico antes que ele reacordasse em chamas, incinerando tanto eu como qualquer pessoa em um raio de oitenta quilômetros.

A parte do raio de oitenta quilômetros é chute meu. Para dar um efeito dramático, sabe?

Eu puxei a alavanca para liberar a camada de proteção, que começou a subir. Devagar. Muuuuuito devagar. Ia levar uma eternidade.

Depois que a proteção havia subido uns trinta centímetros, eu me joguei no chão e me espremi pela abertura.

Ali estava o núcleo endotérmico. Ali parado, dormente. O engraçado é que a câmara do núcleo nem estava quente. Estava inclusive um pouco fria. Enquanto estava inativo, era só uma bolinha de metal. Ou algo assim.

Eu encostei a geringonça na caixinha de vidro na qual o núcleo repousava. E esperei. Olhei para cima e vi um cronômetro dentro da câmara.

21
20
19
Vai, vai, vai...

Estava demorando um tempão para a geringonça absorver o núcleo endotérmico. Comecei a me perguntar se isso era uma armação. Será que Skoort nos enviou para cá só pra que a gente morresse?

Mas então algumas coisas aconteceram de repente, todas de uma vez.

A geringonça na minha mão emitiu um bipe agudo. Olhei para a caixa de vidro e o núcleo não estava mais nela. Consegui pegar!

Depois, teve uma explosão enorme que fez a explosão anterior parecer uma lata de lixo caindo no chão. Quer dizer, foi bem alto.

Foi aí que percebi que faltavam cinco segundos no cronômetro, e a proteção de metal já estava descendo de volta!

Eu me joguei na direção dela e rolei pela abertura bem na hora que ela fechou.

Em cima do meu rabo.

Você sabe o que é dor? Experimente deixar uma parede de metal fechar com tudo em cima do seu rabo.

Pior tipo de dor.

Mas enfim, o núcleo endotérmico estava nas minhas mãos.

– Errado. O núcleo endotérmico está em minhas mãos – ouvi a voz dizer e olhei ao redor. Mas não vi ninguém.

Foi aí que percebi que a voz estava dentro da minha cabeça.

CAPÍTULO 9

NOTA 3X-AFVM.24.63

– Skoort.

Foi o que falei na minha cabeça, fazendo parecer que eu estava xingando. Porque, pode acreditar, por dentro? Eu estava xingando sem parar.

De pé na plataforma, à minha frente, estava Skoort. Bem, não de pé, já que ele era uma grande gelatina. Ele estava na minha frente, de qualquer modo. E usava um de seus tentáculos para segurar uma arma, apontada diretamente para a minha cabeça.

– Rocky, eu fico com isso, se você não se importa. – Skoort agitou a arma, apontando-a para o núcleo endotérmico na minha mão.

– Isso não foi o combinado – pensei. Naquele exato momento, me perguntei onde Groot estava, e Skoort começou a rir. Pelo menos acho que foram risadas. O som saía das suas narinas. Era meio nojento, pra falar a verdade, porque um monte de catarro vinha junto ao som.

Credo.

– Você esqueceu que tudo o que você pensa, eu consigo ouvir? – Skoort pensou. – Groot está temporariamente… como posso dizer? Indisposto.

– Ah, é? E por quê?

Skoort rastejou sua base pelo chão, chegando mais perto de mim, com a arma ainda apontada para meu crânio.

– Ele está ocupado com os guardas lá embaixo – Skoort pensou. – Muito estranho: alguém detonou um explosivo que danificou a esteira rolante. Depois, houve outra explosão, que destruiu a fornalha.

Skoort riu de novo. Novamente, mais catarro de Skoort. Eca.

O que eu fiz pra merecer isso?

– Fiquei confuso – pensei para Skoort. – Não gosto de ficar confuso. Por que nos contratar para pegar o núcleo endotérmico se você ia sabotar a central de processamento e pegá-lo da gente?

– Precisava de alguém para fazer o trabalho braçal – Skoort respondeu. – Você e a árvore pareciam os melhores candidatos. Vocês dois têm uma reputação, sabe.

– Qual tipo de reputação? – pensei, sem conseguir me impedir de deixar as duas mãos em forma de punho, porque, no que me dizia respeito, isso era a fala de alguém procurando uma briga.

– Acho que você sabe qual – Skoort pensou. – Agora, o núcleo endotérmico. Antes que eu exploda sua cabeça e o pegue das mãos de seu cadáver.

– Quando você diz assim… – pensei.

Entreguei o núcleo endotérmico para Skoort. Seu tentáculo tocou a caixa de contenção e depois retraiu para dentro de seu corpo globuloso. Eu podia ver a geringonça, bem na minha frente, suspensa dentro da gosma.

Ele estava tão cheio de si mesmo que nem me percebeu empurrar a arma para o lado e subir em outro tentáculo até o topo do que eu só podia imaginar ser sua cabeça.

– O QUE VOCÊ ESTÁ FAZENDO? – Skoort gritou dentro do meu cérebro.

– O que parece que eu tô fazendo, ô, babaca? – pensei em resposta pra ele, e comecei a pôr minhas garras pra trabalhar. Eu estava determinado a pegar de volta aquele núcleo endotérmico, mesmo que tivesse que escavar Skoort inteiro com as minhas garras pra isso. A gelatina começou a vociferar coisas horríveis na minha cabeça. A voz era aguda, nasal e resmungona, feito a de um bebê. E se você me conhece, sabe o que eu acho de bebês.

– SAIA DO MEU ESTÔMAGO! – Skoort gritou, e foi aí que eu descobri que aquilo que eu achava ser o topo da sua cabeça era na verdade seu estômago.

– Você tem exatos cinco segundos para soltar o núcleo endotérmico, senão vou fazer uma estomagotomia permanente em você – pensei.

– ISSO NÃO EXISTE! – Skoort berrou.

Sabe-tudo.

– Eu sou Groot!

Levantei meu olhar em meio aos arranhões no estômago de Skoort e vi Groot ali em pé, com um segurança pendurado em cada braço. Antes que os dois pudessem fazer algo, Groot juntou os braços, batendo os guardas um no outro. Eles ficaram moles, e Groot jogou ambos de lado.

— Eu sou Groot — o grandalhão disse, rindo.

— Sei, sei. Agora que você acabou de se exibir, dá pra me ajudar aqui? — gritei para Groot. Ele deu alguns passos largos e ficou bem ao meu lado.

Direcionei meus pensamentos para Skoort.

— Vou pedir mais uma vez, e vou pedir com jeitinho. Me dá o núcleo endotérmico, ou o chão vai ficar todo sujo de Skoort.

Verdade seja dita sobre Skoort. Ele pode ser uma pedra no sapato, mas não é idiota. Seu corpo começou a tremer e chacoalhar. Um segundo depois, o núcleo endotérmico foi cuspido de uma de suas narinas, coberto de gosma de Skoort. A caixa caiu bem na minha mão aberta.

SCHLORP.

Eca.

— Agora queremos nossas unidades e nossa nave — pensei para ele.

— Suas unidades e... VOCÊ PERDEU A CABEÇA? — Skoort gritou telepaticamente. — Eu já nem tenho mais o núcleo agora!

— Unidades e nave, ou...

Apontei para Groot, que fez um gesto como se fosse cutucar Skoort. Depois, ele ilustrou com as mãos o interior de Skoort começando a escorrer pelo chão.

— Eu sou Grooooooooot — disse numa voz meio cantada, meio que imitando o escorrimento.

Skoort não pensou em nada por um segundo. Depois, colocou um tentáculo dentro do próprio corpo, de onde puxou um tablet. Ele passou o tentáculo na tela algumas vezes.

– Pronto – Skoort pensou. – O valor combinado foi transferido. E vocês encontrarão sua nave completamente consertada na doca.

– Boa decisão – pensei para Skoort. E o olhei no olho, e no olho, e no olho, e no olho, e acho que deu para entender. Então, percebi algo que não tinha notado antes.

– Esse olho aí – pensei. – É artificial?

Skoort não sabia o que responder.

– S-sim – seu pensamento gaguejou. – Por que a pergunta?

– Vou te dizer o seguinte – pensei. – Você me dá o olho, e não espalho pra galáxia inteira que você é um traíra safado.

Dizem pra não bater em quem já está caído, mas eu acho essa a melhor hora pra bater nos outros, porque você sabe que eles não têm pra onde fugir.

Sem nem sequer um sussurro de contestação, Skoort desacoplou o olho robótico e o entregou pra mim com um tentáculo.

Eu dei uma olhada nele e depois pensei:

– Foi um prazer fazer negócio contigo, Skoort. Que seja a primeira e última vez.

Groot e eu saímos correndo da central de processamento, e ouvi uma voz na minha cabeça dizer:

– O sentimento é recíproco.

CAPÍTULO 10

— Será que você não quer deixar esse negócio de lado e vir ajudar aqui?

Os olhos de Groot foram no mesmo instante para Rocky. Ele viu o grande piloto e comandante da missão até Nidavellir esticar os braços para cima lentamente, endireitar-se no assento e bagunçar o pelo da própria cabeça com a mão direita.

Groot rapidamente botou o tablet embaixo de um kit de primeiros socorros perto dele.

— Eu sou Groot — ele respondeu. — Eu sou Groot.

— É, você deve ter razão — Rocky bocejou, levantando-se. — Se você viesse ajudar, eu provavelmente gritaria com você por ajudar errado. Não dá pra ganhar, né?

— Eu sou Groot.

Por um momento, Groot se sentiu um pouco culpado. Uma coisa era pegar o tablet de Rocky escondido para jogar videogame. Mas ler o diário de bordo secreto do amigo? Sem permissão?

Isso era algo totalmente diferente.

Mas ao mesmo tempo... Uau, que história! Era quase melhor que um videogame.

Quase.

— E você, Thor? — Rocky perguntou. — Você anda muito quieto.

— Só estou pensando — respondeu o asgardiano.

Rocky balançou a cabeça.

— É, é isso que vai te deixar com problemas. Pensar. Não recomendo. — Mudando de assunto, Rocky gesticulou para os arredores. — Desculpe pelas acomodações. Você não é tipo rei ou coisa assim? Deve estar acostumado a viajar numa carruagem enorme de ouro.

Thor riu.

— Longe disso. Você ficaria surpreso com quais eram meus meios de transporte. E com quem era meus companheiros de viagem.

— Eu sou Groot.

Rocky olhou por cima do ombro e viu Groot fitando para além da janela da cabine.

— Ué? Agora você virou um guru da língua, é? — Rocky disse.

— Você... você corrigiu minha gramática, árvore? — Thor perguntou, legitimamente curioso.

— É — Rocky disse, coçando a nuca —, ele disse que *você* deveria ter dito "com quem eram meus companheiros de viagem". Disse que soa mais régio.

— Gramática não era o meu forte na escola — Thor admitiu. — Meu forte era introdução a martelos.

— Bom uso do seu tempo. Beleza. Onde estamos agora? — Rocky perguntou, voltando ao que interessava.

Thor curvou-se para olhar uma das telas de dados da nave.

— Na nossa velocidade atual, devemos chegar a Nidavellir em aproximadamente três horas, capitão.

Rocky virou a cabeça e olhou diretamente para Thor. Em seguida, estreitou os olhos, fitando-o por cima do focinho.

— Tá tirando sarro da minha cara?

O asgardiano parecia indignado.

— Não — ele disse. — Você é o capitão deste veículo, correto?

Rocky pareceu pensar a respeito por alguns segundos.

— Sim. Sou, sim — respondeu, depois se virando para encarar Groot: — E não se esqueça disso!

— Eu sou Groot.

— Mas que boca suja — Rocky disse, apontando um polegar na direção de Groot. — Vou procurar algum rango nesta pocilga— falou, saindo do assento da cabine.

Groot foi para o assento de piloto e deixou-se cair nele, repousando os seus pés grandes em um painel e acomodando seus membros superiores parecidos com galhos atrás da cabeça. Toda aquela leitura o deixara cansado; talvez fechar os olhos um pouquinho fosse uma boa ideia.

De repente, um alarme ressoou.

Os olhos de Groot se abriram, e ele saltou da cadeira em um momento de pânico, pensando que talvez tivesse tocado em algo que não deveria. Mas tudo parecia intacto.

No mesmo instante, Rocky foi correndo até o painel.

— O que você fez? — ele gritou para Groot. — Eu sei que você apertou alguma coisa com esses seus pezões!

— Eu sou Groot! — a criatura arbórea contestou.

— A gente discute isso depois — Rocky disse. — Depois que eu descobrir qual é o problema.

— Quer dizer que você não sabe? — Thor perguntou com preocupação na voz.

— Só sei que um alarme está tocando aqui, o que quer dizer que tem um problema bem aqui — Rocky falou, rangendo os dentes e apontando para o convés sob os pés deles.

Rocky foi até um painel metálico na parede com três alavancas protuberando de uma abertura do lado direito. Ele as destravou com um empurrão, virando suas posições de baixo para cima. Houve um breve sibilo ao passo que um sopro de gás refrigerador escapou para dentro da cabine. Rocky retirou o painel e entrou no buraco que havia aberto.

— Vou consertar essa lata-velha — disse Rocky. Ele olhou com cara feia para Groot enquanto colocava um pé dentro do buraco. — E quando voltar, vamos ter uma conversinha!

— Eu sou Groot! — foi tudo que Groot conseguiu dizer enquanto Rocky desaparecia dentro da abertura.

Groot remoeu-se em silêncio. Por que Rocky estava sempre tão disposto a pôr a culpa nele quando as coisas davam errado? Por que não acreditava em Groot quando dizia que a culpa não era dele?

— Eu não ficaria preocupado, árvore — Thor declarou, como se escutasse a mente de Groot. — Conheço gente que nem ele. Ele só precisa esfriar a cabeça e, quando voltar, vai estar tudo bem.

— Eu sou Groot — Groot respondeu desanimado.

— É, ou não.

Thor deu as costas para Groot e foi até o painel perto da estação de pilotagem. O alarme ainda estava tocando.

– E agora? – Rocky gritou do compartimento de acesso estreito abaixo do convés.

– No que devo prestar atenção?

– No alarme se desligando, ora essa! – Rocky gritou em resposta.

O alarme parecia ficar cada vez mais alto.

– De algum modo, acho que você fez ficar pior – Thor disse. – Tem certeza que sabe o que está fazendo?

– Vocês são uns dois ingratos – Rocky berrou, em seguida emitindo sons ininteligíveis que Groot imaginou serem uma série de xingamentos.

Com Thor e Rocky concentrados em consertar a nave, Groot voltou para seu assento discretamente e pegou o tablet debaixo do kit de primeiros socorros. A tela o recebeu de volta em seu mundo com um brilho suave e convidativo. De repente, ele não se sentia mais tão mal por fuçar as coisas do amigo.

– Eu sou Groot – disse, agressivo, e começou a ler.

CAPÍTULO 11

NOTA 3X-AFVN.12.4

Um tempo atrás, eu e os Guardiões tivemos uma briga com uma coisa chamada de "o Van'Lan". Basicamente, era tipo uma ameba espacial gigante composta de um monte de amebas espaciais menores. O bicho quase destruiu a *Milano* e matou todos nós. Mas, como era de se esperar, eu, Groot, Drax, Gamora e Quill saímos dessa inteiros.

A *Milano* não teve a mesma sorte. A luta contra o Van'Lan esgotou toda a energia na nave, que virou um pedaço enorme e inútil de lixo espacial.

A gente ia flutuar ali para sempre, até os sistemas de manutenção da vida cederem e todos nós virarmos picolé de Guardiões, exceto que fomos resgatados pela Tropa Nova.

Acho que essa é uma das vantagens de não sermos mais criminosos procurados. Depois de literalmente SALVARMOS A GALÁXIA de Ronan, fomos absolvidos pelos xandarianos de todo e qualquer crime cometido.

Não que eu admita ter cometido algum crime, caso alguém esteja lendo isto.

Enfim. A Tropa Nova rebocou a *Milano* até o Posto Comercial, um planeta artificial onde se consertam naves, armas, qualquer coisa que você disser. Enquanto os mecânicos foram trabalhar na nave, eu e o resto da equipe decidimos gastar algumas horas procurando o bar mais próximo.

Foi aí que trombamos com um cara chamado Rhomann Dey. Ele é da Tropa Nova. Já o conhecia. Acho que dá pra dizer que ele é ok.

Dey arrastava um esquisitão com um sobretudo, como se o cara fosse prisioneiro ou algo do gênero.

— Ei, quem é esse seu amigo aí? — Quill perguntou.

— Eu sou a sua morte, Peter Quill! — o cara gritou.

Que mala.

— Um problema ambulante, é isso que esse cara é — Dey disse, pegando o babaca pelo colarinho do sobretudo e o derrubando no chão. — Ele roubou minha nave! Dá pra acreditar? Levou pra um passeio. Aparentemente teve um problema no meio do espaço. Alguém atirou nele e neutralizou o motor. Nós o prendemos enquanto resgatávamos vocês.

Achei que era o fim da história e me virei para ir ao bar.

Mas Quill não fez a mesma coisa. Não, Quill tinha que continuar batendo papo.

— Mas estou curioso — ele disse. — Por que você é a minha morte?

Minha vontade era gritar "E DAÍ QUE ELE É A SUA MORTE? VAMOS BEBER!", mas não fiz isso porque sou educado.

O esquisitão de sobretudo ficou falando sobre uma vez que a gente estava no Bota de Jemiah, um bar em Lugarnenhum, que é um planeta e blá-blá-blá, que seja. Aparentemente eu e Drax tivemos uma discussão ou coisa do tipo e isso atrapalhou as corridas de orlonis. Os orlonis são uns roedores pequenos, e as pessoas fazem eles correrem contra uns répteis chamados f'saki. Parece que havia muitas unidades em jogo, e esse cretino tinha a aposta mais alta.

– Você e seus amigos imbecis interromperam as corridas de orlonis com sua briguinha ridícula! – ele gritava. – Eu estava ganhando! Poderia ter ganhado! Perdi todas as minhas unidades!

– Peraí – Quill disse. – Quer dizer que você ia nos matar...

– Sim! – o esquisito respondeu.

– ... porque perdeu unidades...

– Sim!

– ... num jogo?

– Eu tentei matar vocês! Cheguei *muito perto* de explodir vocês no espaço!

– Esse dia tá esquisito demais – Quill disse.

Nós vimos Dey levar o cara de sobretudo embora e não pensamos mais nisso.

*

NOTA 3X-AFVN.12.6

Eu estava sentado no bar, cuidando da minha vida, acompanhado de Drax. E estava contente.

– Você acha que nós de fato arruinamos a vida daquele homem?

Não dava pra acreditar que Drax estava vindo com filosofia pra cima de mim. Por que fazer isso? A gente estava bebendo e relaxando e ele tinha que estragar isso.

Então fiz um gesto com a mão e disse:

– Bah, quem se importa? Ele tentou arruinar as nossas vidas. Alguém se importa com essa parte?

– Eu me importo – disse Drax, tomando um drinque. – Me importo muito quando alguém tenta ferir meus amigos.

– Xi, lá vem – falei, porque sabia o que viria em seguida. Drax ficaria todo sentimental comigo e falaria sobre como nós, Guardiões, agora éramos sua família, e éramos tudo o que ele tinha, e aí eu começaria a chorar, mas não posso mostrar pra ninguém que estou chorando e QUEM PRECISA DISSO?

Para a minha sorte, foi nesse momento que Rhomann Dey reapareceu e se acomodou no assento ao meu lado.

– Olha aí o homem da lei… ei, ei, Rhomann Dey! – eu disse. – Rimou.

– Boa – Dey falou. – Nunca ouvi essa antes. – Ele ergueu a mão e sinalizou para o barman lhe entregar uma bebida.

– Sério? – perguntei, mordendo a isca.

– Não – ele respondeu. – Todo mundo diz isso. E a pessoa sempre acha que foi a primeira. É extremamente cansativo.

O barman colocou um copo à frente de Dey e encheu até a metade com um líquido de um tom âmbar profundo. Essa claramente não era a primeira visita de Dey ao lugar. Um sujeito cujo pedido o barman sabe de cor é o tipo de coisa que me impressiona. Não que eu fosse expressar esse sentimento.

— E então, o que o traz até aqui? — perguntei com um pouco mais de contundência que o necessário. — Fizemos alguma coisa de errado?

Dey riu.

— Não que eu saiba. Meu detento está sendo fichado e preciso ficar aqui um tempo. Pensei em passar um tempinho na agradável companhia de vocês.

Eu levei um momento para processar o que ele disse.

— Nossa agradável companhia? — perguntei.

Dey fez que sim com a cabeça.

CAPÍTULO 12

NOTA 3X-AFVN.12.8

Se você passar tempo o suficiente com Rhomann Dey, você descobre duas coisas:

Ele te paga bebidas.

Ele é gente boa.

E não digo isso só porque ele te paga bebidas. Ele é decente mesmo. Pra alguém da Tropa Nova.

Isso também mostra que minha teoria – de que caras que têm seus pedidos decorados pelo barman não devem ser ignorados – tem fundamento.

– Tenho uma curiosidade – Dey disse para mim, bebericando de seu copo. – Como você se juntou a Quill, afinal?

– Você já não sabe isso? – perguntei. – Não foi você quem prendeu a gente? Você está ruim de memória, é?

– Não, eu conheço a história – ele disse. – É só que gosto de ouvi-la.

Não tinha muito o que contar, na verdade. Eu e Groot estávamos em Xandar, tentando capturar Quill por uma recompensa. Ele tinha roubado um negócio chamado "o Orbe" dos Saqueadores no planeta Morag. Ao fazer isso, ele traiu Yondu Udonta, que colocou a cabeça de Quill a prêmio. Eu e Groot precisávamos das unidades, então decidimos que poderíamos pegar Quill quando ele tentasse vender o objeto em Xandar.

O plano meio que funcionou mais ou menos, no sentido de que pegamos Quill. Até que o perdemos, e em seguida fomos pegos pela Tropa Nova. E aí fomos colocados no presídio Kyln com Quill e Gamora, onde conhecemos Drax, e nos unimos para escapar da prisão e blá-blá-blá, você sabe o resto da história.

– Mas por que você está fazendo tantas perguntas? – falei. – Ninguém conversa com você?

Dey riu, tomou um gole de seu copo e o levou à mesa.

– Veja, contarei a você uma coisa que Quill não sabe. Ninguém mais sabe. E vou confiar que você não vai contar a mais ninguém, mesmo depois de sair do Posto Comercial.

De uma hora para outra, essa conversa ficou bem mais interessante.

Eu inclinei meu corpo para a frente, pairando sobre o meu copo de um jeito bem dramático.

– Isso é sobre o cara que queria matar Quill, né?

Dey fez que sim com a cabeça.

– Sabe, não sou exatamente conhecido por minha habilidade de ficar de boca fechada – comentei. – Há até quem me chame de tagarela. É claro que gente assim acaba desacordada.

– Estou contando pra você... – Dey disse, olhando ao redor. Era como se estivesse se assegurando de que ninguém estava ouvindo. – ... exatamente *porque* você é tagarela.

– Isso não faz o menor sentido – retruquei.

Dey chegou mais perto.

– Acho que o que estou tentando dizer é que, como você fala tanto, ninguém vai acreditar em você. Além disso, se você contar para alguém, eu irei atrás de você e o levarei de volta para Kyln.

– Isso é um blefe – falei, olhando para Dey bem nos olhos.

– Talvez seja. – Dey sorriu. – Só há um modo de descobrir.

Eu bebi um belo gole do meu copo, depois limpei a boca com a mão.

– E aí? Vai me contar ou não?

– Aquele cara – Dey falou; sua voz agora estava bem baixa. – O nome dele é Meer Kaal.

– Ahá – falei, fingindo que o nome significava algo pra mim, o que não era o caso.

– Ele é um kree.

– Ahá – repeti.

– Você... não entendeu, não é? – Dey falou.

– Entender o quê?

Dey suspirou.

– Você acha que Meer Kaal decidiu sozinho "se vingar" de Quill pelo incidente em Lugarnenhum?

– Pra ser sincero, foi o que achei – respondi. – Mas você me perguntou de um jeito que me faz pensar que não.

– Não mesmo. Kaal é parte de um grupo kree dissidente. Digamos simplesmente que eles não estão contentes que Kree não esteja mais em guerra com Xandar.

— Estou esperando pela parte em que tudo isso faz sentido – comentei. E era verdade. Minha cabeça tinha começado a doer e, por mais que estivesse gostando da companhia de Dey, meio que precisava ir a algum lugar e dormir por algumas horas. Drax havia ido embora um tempo antes, depois de ter ficado todo chorão pra cima da gente; só Dey e eu ainda estávamos ali.

— A irmã de Kaal era alguma cientista importante na época da guerra entre Kree e Xandar – Dey falou, atropelando as palavras. – Supostamente, ela escondeu um estoque de armas, e esses dissidentes krees adorariam colocar as mãos nelas.

— E deixa eu adivinhar – falei, porque sou bom em adivinhar coisas. – Ela escondeu as armas em algum lugar aqui no Posto Comercial.

— Não – Dey respondeu, olhando para mim de um jeito engraçado. – Isso seria coincidência demais. A vida não é assim, meu caro.

Eu dei de ombros.

— É, acho que não.

— Mas nós achamos que Meer Kaal sabe onde o estoque está escondido. Mas ele não fala nada para nós. Então pensei que, talvez, alguém com a sua variedade de… talentos… seria capaz de persuadi-lo a passar a informação.

E aí estava. Não conseguia acreditar. Um Nova queria a minha ajuda.

Comecei a rir.

— Qual é a graça? – Dey perguntou enquanto minha risada ficava cada vez mais alta. As pessoas no bar começaram a olhar, e um sujeito até começou a rir junto. É claro que com isso eu parei de rir e olhei torto para o mané, porque você não começa a rir feito um maníaco se não sabe o motivo do riso. Isso é ser um idiota.

– Por um segundo, pareceu que você estava pedindo a minha ajuda – falei.

– Sim, é exatamente isso – Dey respondeu. – Não seja babaca, pode ser?

– Opa, opa, foi mal – eu falei, porque podia ver que Dey estava sério mesmo. – Mas... por que eu?

– Porque você é quem é – Dey respondeu.

– O que isso significa?

– Não se ofenda, não é um insulto. Só quis dizer que eu estou na Tropa Nova. Nós temos regras. Você está com os "Guardiões da Galáxia". Acho que vocês não têm regra nenhuma.

– Saquei – disse, e depois reclinei na minha cadeira. Não disse nada por um tempo. Só fiquei ali sentado, olhando para Dey.

– Você não vai dizer nada? – Dey perguntou, um tanto desconfortável. – Porque, se você só for ficar me encarando, é meio incômodo. É isso que você está tentando fazer?

– O que eu ganho com isso? – perguntei, porque é o que se pergunta quando alguém pede para você fazer coisas assim.

– Como Guardião da Galáxia, você não deveria fazer isso só pelo bem dos cidadãos do universo?

Foi bom para ele que eu não tinha uma bebida na boca, senão Dey estaria coberto dela. Ainda assim, tenho certeza de que ele pôde ver pelo meu olhar que esse negócio de fazer algo "pelo bem da galáxia" não ia rolar comigo.

– Ok – ele disse com um suspiro frustrado. – O que você quer?

Eu pensei nisso por um bom tempo. O que eu queria? E, preciso admitir, mesmo gostando de Dey, era legal ter poder sobre um Nova pelo menos uma vez na vida. Um plano começou a se formar: não seria a pior coisa do universo fazer um Nova descer do salto, mesmo um Nova bacana como Dey. Mostrar a eles o outro lado, as pessoas que eles estão sempre olhando com desprezo e prendendo *et cetera*.

— Quero que você venha comigo.

Dey me encarou por um segundo inteiro.

— Não posso ir com você — ele disse, por fim, enunciando cada palavra como se eu fosse alguém com quem se precisava falar devagar. — Isso iria contra o propósito de pedir para você fazer o serviço, para começo de conversa.

— Minha oferta é essa — falei. — É pegar ou largar.

— Você sabe que isso é loucura, né? — Dey disse, balançando a cabeça. Ele se levantou da mesa, olhou para mim, depois deu as costas e se afastou. Olhei para Dey enquanto ele passou por uns maus elementos parados na entrada e saiu do estabelecimento.

Tomei um longo gole da minha bebida.

Espere, espere...

Dey reapareceu na entrada e voltou ao bar.

— Você venceu — ele disse. — Mas essa é uma péssima ideia.

Rá! Eu sabia. Eles sempre voltam de joelhos.

— E qual ideia não é? — eu disse; em seguida, partimos.

CAPÍTULO 13

NOTA 3X-AFVN.12.95

Não havia passado nem um minuto de quando saímos do bar quando trombamos com o cara.

Digo, literalmente, eu trombei com ele.

Era como ir de encontro a uma parede. Doía.

Lá estava eu, no meio da rua, apalpando meu nariz.

— Por que você não olha pra onde anda, seu macacão? — eu falei.

Drax me encarou e virou a cabeça. Parece que não tinha ido para muito longe.

— Eu sempre olho para onde ando. É inevitável. Meus olhos só me permitem olhar neste sentido. — Ele apontou para a frente.

— Sempre tão literal — comentei, ainda com a mão no focinho.

— Rhomann Dey — Drax falou, claramente surpreso em nos ver saindo do bar juntos –, o que ainda faz com Rocky?

— Nada — ele respondeu, e parecia bem desconfortável com a resposta. — Por que eu faria algo com Rocky? Não estamos *fazendo* nada. Muito pelo contrário.

Dey mentia muito mal. Por sorte, se alguém iria acreditar no que disse, seria Drax.

— Não sei por que você faria algo com ele — Drax disse. — Por isso que perguntei.

Decidi que era melhor eu intervir e poupar Dey do desgaste antes que sua cabeça explodisse ou algo do tipo.

— Dey está me ajudando a ir atrás de algumas peças para a *Milano* — falei com tranquilidade.

— Pensei que os reparos estavam quase prontos — Drax disse, aparentemente confuso. — Acabei de voltar da estação de conserto.

— Bem, tem coisas das quais eles não sabem, tá? — falei. — Olha só, por que você não volta para o bar, se aconchega um pouco e pede outra bebida? Eu te encontro lá daqui a pouco.

Drax fitou Dey e depois olhou para mim. Tenho que admitir. Por um segundo, não tive certeza de que ele engoliu minha conversa.

— Daqui a pouco o quê? — Drax perguntou.

— Daqui a poucos minutos. O que mais seria?

— Eu não sei.

— Por isso que eu perguntei — nós dois falamos ao mesmo tempo.

E, com isso, Drax voltou a andar, deixando nós dois livres.

— Essa foi por pouco — Dey comentou.

— Como assim "Essa foi por pouco"? E daí se Drax soubesse o que a gente tá fazendo? Ele não ligaria — falei para ele.

– Talvez não, mas eu ligaria – Dey disse. – O que estou fazendo vai contra os procedimentos legais e meu protocolo. Se souberem disso...

– Deixa eu adivinhar – eu interrompi antes que ele ficasse mais metido a certinho. – Se souberem disso, você pode dar tchauzinho pro seu emprego e depois você vai ser mandado àquela prisão flutuante no espaço junto dos criminosos que você prendeu. É isso?

Dey ficou quieto e em seguida fez que sim com a cabeça. Primeiro devagar, depois cada vez mais rápido.

– É, é exatamente isso – ele disse. – Então você entende por que estou tão ansioso pelo risco de isso acontecer.

– Saquei – falei para ele. E tinha sacado mesmo. Como disse antes, Dey era um cara decente e, se por um lado eu com certeza estava curtindo esse momento de poder, por outro, eu não tinha nenhum desejo de criar problemas para ele.

Digo, além dos problemas que já iríamos criar.

A rua estava molhada, porque estava chovendo desde que tínhamos saído do bar. A chuva no Posto Comercial tinha essa cor roxa estranha. Tinha alguma coisa a ver com toda a poluição que é jogada no ar por todas as oficinas de reparos nesse planeta artificial. O lixo sobe até as nuvens, chuva roxa cai no chão.

Além disso, ela parece dar uma picada quando cai na pele, mas não deve ser nada.

Continuamos pela rua, passando por várias oficinas. Quando chegamos ao final da rua, Dey apontou para uma estrada longa e tortuosa.

– Por que você tá apontando assim? – eu perguntei.

— Esse é o lugar no qual Meer Kaal está detido. É neste sentido.

— E qual é a distância?

— Mais ou menos... — Dey parou de falar e em seguida levantou as mãos, deixando-as a uns poucos centímetros de distância uma da outra — ... isso aqui de distância?

— É sério? Isso aqui? — falei, imitando as mãos dele com as minhas. — Se fosse "isso aqui" de distância, a gente estaria em cima dele. De verdade, qual é a distância?

— Dezoito quilômetros — ele disse, direto ao ponto.

— E a gente vai simplesmente andando? — A essa altura, eu estava balançando minha cabeça, pronto para me virar, voltar para o bar e encontrar Drax.

— Precisamos ser discretos — Dey explicou. — Não se pode saber que estamos indo.

— Relaxa — falei. — Tenho uma ideia.

∗

NOTA 3X-AFVN.12.958

— Sua ideia era roubar um veículo?

Dey estava sentado à minha esquerda, e eu precisei colocar o carro flutuante na quinta marcha. A coisa era potente, tenho que admitir. Estávamos a uns duzentos quilômetros por hora, então chegaríamos lá logo. Bem melhor do que *andar*.

Agora, a rigor, o carro foi, de fato, roubado. No sentido de que eu o roubei. Mas era menos roubar e mais pegar emprestado sem pedir. E como eu iria pedir? A oficina estava fechada, não tinha ninguém ali. Mesmo depois de arrombar a entrada, não encontrei ninguém para fazer meu pedido. Então concluí que podia simplesmente pegá-lo, usá-lo por uma meia hora e depois devolvê-lo antes que alguém percebesse.

– Sim – falei para Dey.

– Não acredito que estou deixando isso acontecer – ele murmurou.

Isso me fez rir.

– Também não acredito que você tá deixando. Já imaginou o tipo de encrenca em que você se meteria se descobrissem que roubou veículos no Posto Comercial?

Dey só balançou a cabeça para mim.

O resto da viagem foi bastante quieto, exceto pelo som dos motores do carro flutuante.

CAPÍTULO 14

— E agora? O que tá acontecendo agora? — Rocky gritou das entranhas da nave.

Thor estava diante da estação de pilotagem, fitando os controles.

— O alarme não está mais produzindo aquele ruído odioso — ele disse. — A luz vermelha piscante, contudo, conta outra história.

— Que luz vermelha piscante? — Rocky berrou.

— A que diz "alerta" — Thor retribuiu o grito.

Groot estava essencialmente indiferente à conversa inteira, recluso em seu espaço pessoal, de costas para o casco frio, com o tablet furtado em mãos. Onde ele estava quando essa aventura toda entre Rocky e Dey acontecera? Provavelmente fazendo algo chato, como dormir.

Ele levantou o olhar por um segundo quando ouviu a palavra "alerta", e sem demora voltou ao tablet.

— Tá piscando rápido ou devagar?

— Está piscando consideravelmente rápido – Thor disse, com o cenho franzido.

— Ih, isso não é nada bom – Rocky declarou.

∗

NOTA 3X-AFVN.13.10

Tivemos que largar o carro flutuante a mais ou menos meio quilômetro do lugar onde Meer Kaal estava detido. Se fôssemos além disso, teriam nos ouvido chegar. No fim das contas, os mecânicos da oficina ainda não tinham consertado o carro. Estava fazendo um barulho danado.

— Você não podia ter roubado um carro que funcionasse? – Dey perguntou.

— De nada, Rocky – falei com sarcasmo. Como se ele tivesse tido uma ideia melhor!

A paisagem do Posto Comercial era estranha, porque era meio como um planeta de verdade, mas meio que não. Havia vegetação, mas só porque ela cresceu ao redor das estruturas metálicas do mundo ao longo das décadas. Havia árvores de verdade, mas na maioria dos casos eram só divisores de antenas espalhados pela área. Pareciam com árvores, mais ou menos, se você espremesse os olhos. Então nós escondemos o carro flutuante atrás de um monte de divisores e torcemos pelo melhor.

Adiante, havia uma colina grande, e no topo dela havia um prédio de metal de poucos andares.

— É ali – Dey apontou.

— Você gosta de apontar pras coisas, né?

Dey não se deu ao trabalho de responder a isso. Em vez disso, levantou as sobrancelhas e disse:

— Meer Kaal está lá. É o seguinte: só tem um Nova vigiando-o no momento, bem do lado de fora da cela.

— Só um cara? Mesmo? Por que vocês não têm mais gente vigiando ele? — perguntei. — Quer dizer, se ele é a chave para vocês pegarem esse estoque de arma, por que vocês não têm um pelotão inteiro aqui?

— Bem, estamos tentando não chamar muita atenção — Dey explicou. — Além disso, a cela não tem janelas e só tem uma porta. Não é como se estivesse indo a algum lugar. E isso é só temporário. Ele está programado para ser recolhido em uma hora. Então, esse é o tempo que você tem.

— Que *nós* temos — eu o lembrei.

— Qual é o plano? — Dey perguntou, ignorando meu comentário.

— O plano? — falei. A verdade é que eu não tinha um plano. Estava improvisando. — Você chega e pede para ver como está o prisioneiro. Eu assumo a partir daí.

— Você não vai fazer nada grave, vai? — Dey perguntou.

— Euzinho? — falei, com a mais pura inocência.

✳

NOTA 3X-AFVN.13.11

Eu estava atrás de um monte de divisores de antena, certo de que ninguém conseguia me ver. O prédio onde mantinham Meer Kaal estava logo à frente. E eu conseguia escutar Rhomann Dey, que havia se aproximado da cela.

— Denário Dey — o Nova encarregado do prisioneiro disse. — Não esperávamos por você.

Credo. Esses caras sempre usam nome e cargo um com o outro? Que bando de idiotas pretensiosos.

— Estou aqui para conferir o prisioneiro antes da transferência – Dey falou. – Tenho uma lista de procedimentos de segurança. Preciso repassá-los com você. – Ouvi os passos em recuo de Dey, seguido pelo oficial Nova.

Essa era minha deixa.

Saltei de meu esconderijo e cobri a distância entre os divisores e a cela num piscar de olhos. Não dava para olhar para dentro porque não tinha janela. Mas tudo bem, eu não precisava olhar o interior para entrar. Eu tinha tudo o que precisava bem na minha mão.

Era uma serra laser circular, uma coisinha que peguei na oficina. Achei que podia ser útil, e achei certo.

Ela era magnética, então se prendeu à parede. Ajustei o raio para fazer um buraco em um tamanho no qual eu passasse bem justo. Depois, apertei o botão e *voilà*: a serra pequena começou um movimento circular e seu laser cortou o metal perto dela. Alguns segundos depois, a serra completou a circunferência, tendo cortado um buraco na parede de metal.

E sim, caso esteja se perguntando, ajustei o ângulo para que o círculo de metal caísse para o meu lado, e não para dentro da cela, onde faria um barulhão.

Não sou um completo imprestável.

※

NOTA 3X-AFVN.13.12

Esse tal de Meer Kaal. Que figura.

Não deu nem um segundo entre eu entrar na cela e ele vir todo pra cima de mim. Não como um ataque nem nada assim. Só quis dizer que ele estava histérico.

— Quem te enviou? — ele gritou na minha cara. Suas mãos estavam presas uma à outra por algemas à frente do corpo, e os tornozelos também estavam presos. Ele estava botando o carão dele bem na minha frente, e eu não gostei nada disso.

Então dei um chute com os dois pés bem no peito dele.

Ele foi ao chão, e eu estaria mentindo se dissesse que o som do impacto não me trouxe alegria.

— Você vai me matar! — Kaal gritou.

Eu já estava cheio disso, então tapei a boca dele com as mãos.

— Eu não vou te matar — falei com a voz baixa que reservo para imbecis que me deixam irritado de verdade. — Bem que eu gostaria e, se você não fechar essa matraca, é bem provável que eu te mate mesmo. Se você falar mais alto que um sussurro mais uma vez, te dou uma mordida.

Isso deu uma acalmada nele. Mas eu tinha que adicionar um toque final, não consegui resistir.

— Vou te infectar com raiva espacial.

Os olhos de Meer Kaal cresceram bastante depois dessa. Groot ficaria orgulhoso de mim. Não ri nem nada. Só fiz a cara mais séria que consegui.

Então tirei minhas mãos da boca de Meer Kaal. Ele não voltou a gritar, assim como eu imaginava.

— Quer saber quem me mandou? — falei.

Meer Kaal fez que sim.

— Thanos.

Não tenho certeza, mas acho possível que o coitado tenha borrado as calças.

CAPÍTULO 15

NOTA 3X-AFVN.13.13

— O estoque de armas. Onde está?

— Não sei do que você está falando.

E eu achei que Rhomann Dey mentia mal. Esse cara era pior ainda. Seus olhos tinham espasmos, sua boca tremia, e ele suava como Quill sua quando fica muito nervoso. Queria que Groot estivesse aqui para ver isso. Ele teria achado hilário.

Depois do que aconteceu... depois de Ronan e de Groot dar a vida por nós? Eu... não sei o que eu teria feito se ele não tivesse voltado.

Sei que ele não é o mesmo. Mas não importa.

Ainda o temos conosco, mesmo que seja diferente. Temos sorte de tê-lo.

Eu tenho sorte de tê-lo. É como uma segunda chance.

Nossa, olha pra mim, com sentimentos brotando. Com o perdão do trocadilho.

Mas enfim, esse babaca estava a poucos passos de me contar tudo o que eu queria saber. Sabe como cheguei a essa conclusão? Digo, fora o lance de ele ter borrado as calças.

Ele começou a balbuciar.

Essa gente sempre está pronta pra abrir o bico quando começa a balbuciar.

– Olha, tem duas coisas que estão bem claras – falei enquanto o empurrava para trás. Subi em cima do peito dele e comecei a andar de um lado pro outro na cara dele. – Sei que você está mentindo, e você sabe que está mentindo.

Ele murmurou algo, não consegui entender o quê. Então eu agarrei as bochechas dele e enfiei minha cara bem na frente da dele.

– O que foi? – falei. – Meus dentes estão querendo mordiscar algo.

Quando eu estava perto dele, segurando-o pelo rosto, percebi uma coisa estranha. Algo de errado na orelha direita dele. Foi aí que me toquei. Era uma prótese de orelha.

Assim que eu soube o que era, decidi que ia ser minha.

– Eu disse que não sei onde as armas estão – Meer Kaal cantou como um passarinho. – Não exatamente.

– Não exatamente? – falei, soltando suas bochechas, mas fazendo questão de deixar algumas marcas de garras para causar uma impressão. – Um minuto atrás era "eu não sei de nada" e agora, de repente, você sabe de alguma coisa, mas "não exatamente".

Eu voltei a andar em cima do peito dele.

– Então, onde exatamente fica "não exatamente"?

O cara começou a balbuciar de novo, e isso estava começando a me cansar. Logo em seguida, ouvi uma comoção do lado de fora. Eu saí de cima de Meer Kaal e corri até a porta da cela. Ela estava trancada, claro, e não tinha janela, então não era como se desse para olhar o lado de fora (por outro lado, ninguém podia olhar para o lado de dentro).

Mas eu conseguia *escutar* muito bem.

– Tem certeza?

Era a voz do outro guarda.

– Tenho – Dey respondeu. – Você errou o procedimento de confinamento inteiro. Precisaremos revisar todos os códigos. Agora. Mesmo.

– Senhor, sim, senhor! – disse o guarda.

Preciso dar crédito a Dey. Ele estava enganando o cara direitinho!

Como parecia que Dey tinha tudo sob controle, minha atenção voltou para o senhor balbuciação.

– Me conta uma história – falei bruscamente. – E que seja uma das boas.

– As armas que você procura – ele disse, com a boca tremendo – não vão ter nenhuma serventia pra você, mesmo se as tivesse!

– Deixa que eu me preocupo com isso – falei. Depois fiquei quieto.

Meer Kaal se retraiu.

– Vão me matar – ele disse. – Se descobrirem que contei pra você, que contei para qualquer um, vão me matar!

– E o que você acha que eu vou fazer se você *não* me contar? – falei, mostrando meus dentes como um lembrete. Foi uma boa escolha de palavras. No fim das contas, eu era muito bom nisso!

Kaal engoliu em seco e olhou para mim como se estivesse medindo suas opções. Imagino que decidiu que o perigo bem na frente dele era maior, porque respondeu:

— As armas estão em Aphos Prime.

— Aphos Prime? — indaguei. — Parece um nome inventado. — Disse isso porque *parecia* um nome inventado.

— Não é, juro — Meer Kaal falou. — Pode perguntar para qualquer um.

— Não estou perguntando pra qualquer um — respondi, ficando cara a cara com ele de novo. — Estou perguntando pra você.

Ele engoliu em seco de novo.

— Aphos Prime é real. Posso lhe dar as coordenadas.

Eu puxei esse mesmo tablet de uma algibeira que tinha comigo. Liguei o aparelho com um deslizar de dedos, abri o programa de navegação e entreguei a ele.

— Coloque-as aí — mandei.

Ele pegou o tablet e começou a digitar. Depois, devolveu-o pra mim. Eu olhei para a tela.

— É pra valer isso? — falei, deixando de lado o papel de durão por um segundo.

— É pra valer — ele engasgou. — Juro. Agora que lhe contei, minha vida não vale mais nada.

— Tenho más notícias pra você, meu amigo — eu disse. — Sua vida já não valia nada antes de me contar.

O sujeito parecia que ia chorar. Eu não me aguentei. Comecei a rir.

— Olha, só estou tirando uma com a tua cara. Você está sob custódia da Tropa Nova. Esses caras são coisa fina. Não se preocupe, ninguém vai pôr as mãos em você.

— Você pôs as mãos em mim.

— É — respondi. — Mas eu não sou um ninguém.

Coloquei o tablet de volta na algibeira e fui até o buraco na parede. Antes de sair, me virei e olhei para Meer Kaal.

— Agora, se eu fosse você, não diria a ninguém que eu estive aqui – falei. – Porque se disser, eu vou ter que voltar, e nós dois sabemos o que vou fazer, não é? – Imitei um barulho de mastigação pra adicionar um pouco de dramaticidade.

Meer Kaal não disse nada, só olhou pra mim. Dava pra ver o medo nos olhos dele.

Ouvi ele murmurar bem baixinho:

— Raiva espacial.

— É isso mesmo – respondi. E aí corri na direção dele, o que deixou o cara surpreso pra caramba.

E você nunca vai adivinhar o que fiz em seguida.

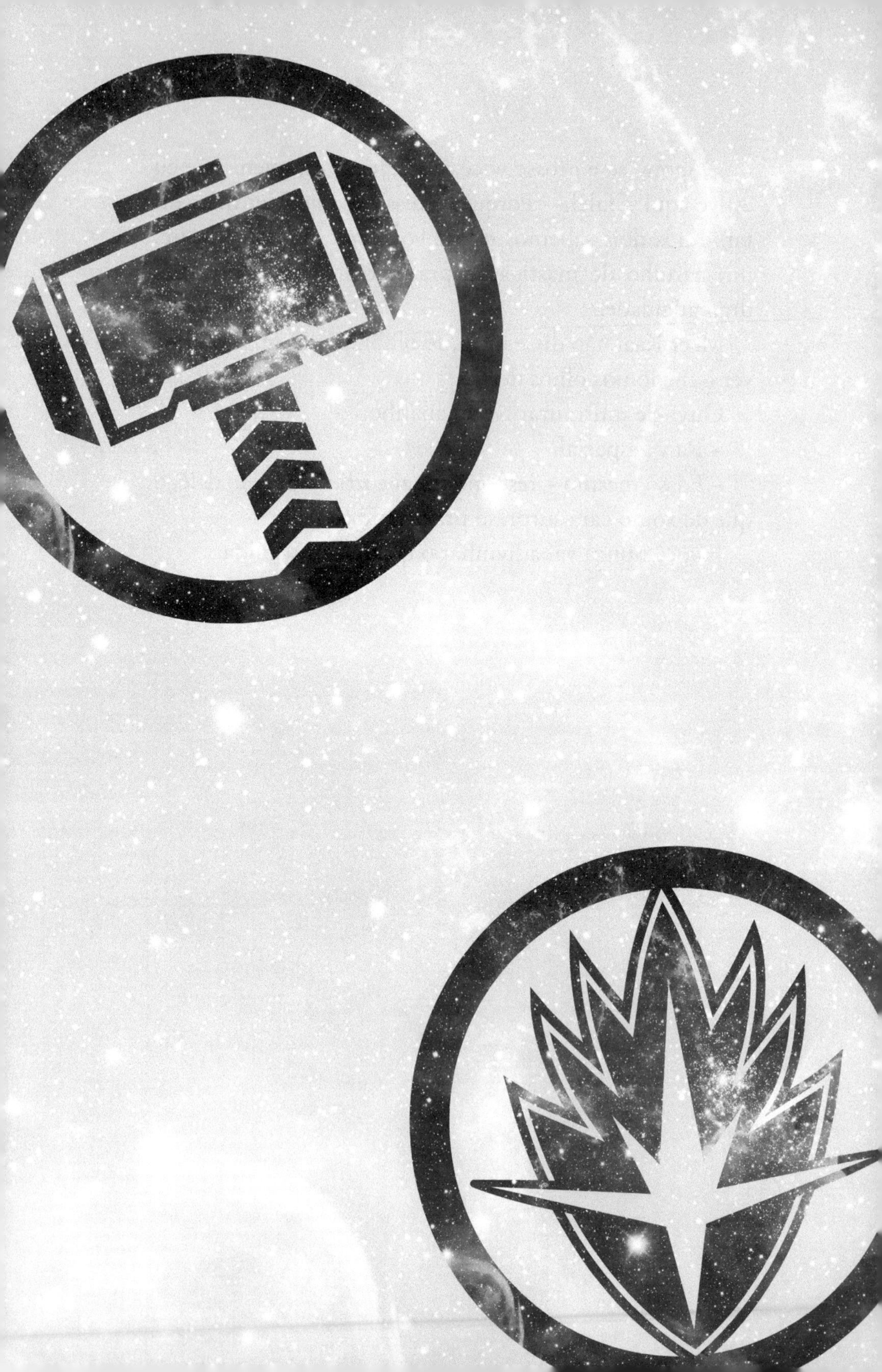

CAPÍTULO 16

NOTA 3X-AFVN.13.20

– Você pegou um ukulelê?

Podia jurar que foi o que Rhomann Dey disse, mas era difícil escutá-lo sob o som do motor do carro flutuante.

– O quê? – gritei.

– Eu perguntei: você pegou *o quê* dele?

Ah, isso fazia bem mais sentido do que o que eu ouvi. Comecei a rir.

– Peguei a orelha dele – falei.

Aí foi a vez de Dey olhar pra mim confuso.

– Você pegou a grelha dele?

– A orelha. Não grelha – gritei por cima do barulho.

– Eu, hein, melhor falar com um médico sobre esse seu ouvido.

Nós acelerávamos colina abaixo e estávamos nos sentindo muito bem. Eu consegui a informação que Dey queria de Meer Kaal. Saí pelo buraco e depois eu e Dey fomos até o lugar onde tínhamos escondido o carro flutuante. Para minha surpresa, estava bem onde o tínhamos deixado. Em geral, minha sorte é outra. Mais surpreendentemente ainda foi que o carro deu partida de primeira, embora fosse uma lata-velha.

— O que você vai fazer com uma prótese de orelha? — Dey perguntou, incrédulo.

Ele não estava errado. Eu de fato não precisava da orelha. Mas eu queria. Sabe quem entenderia? Groot entenderia. Pode dizer que é um desvio de caráter meu. Digo, eu não considero assim, mas há quem considere. E essas pessoas estariam erradas. É, Groot entenderia.

— E o que você descobriu falando com Meer Kaal? — Dey perguntou.

E foi aí que o motor caiu do carro.

Literalmente. Ele caiu por baixo da carroceria, e nós derrapamos naquele projeto de estrada até uma antena de metal grande pra caramba. A gente bateu nela feito inseto em para-brisa.

Minhas costas estavam me matando quando rastejei para fora do carro. Olhei ao redor procurando por Dey, mas não o vi em lugar nenhum.

— Dey! — gritei enquanto me afastava da batida mancando. — Cadê você? Não me diga que você morreu, morreu?

Fala sério. Que jeito ridículo de ir dessa pra melhor.

— Aqui em cima — ele disse. Ouvi sua voz vir de cima de uma cumeeira de metal que parecia ser feita do casco enferrujado de uma nave xandariana. Eu subi por um buraco grande e o vi bem ali. Ele estava sentado, passando a mão na cabeça e mexendo o pescoço de um lado pro outro.

— O que você tá fazendo aqui em cima? — perguntei.

— O que parece que estou fazendo, Rocky? — ele disse. Eu notei um traço de sarcasmo na voz dele e não gostei muito disso.

Meio que fez me sentir mal. Como se eu não devesse tirar sarro dele naquele momento.

O que foi isso? O que estava acontecendo? Eu, de repente, ia começar a dar a mínima para alguém?

Que saco, esse dia não acabava nunca.

※

— Groot! — a voz de Rocky trovejou pelo ventre da nave, tirando Groot de seu transe enquanto lia as notas no diário de bordo de Rocky.

— Eu sou Groot — a criatura arbórea gritou em resposta, rapidamente escondendo o tablet abaixo do kit de primeiros socorros.

— Não quero saber! — Rocky berrou. — Vem aqui embaixo! Preciso dos seus dedos magrelos agora mesmo!

— Eu sou Groot — respondeu, levantando devagar do assento e arrastando os pés no chão de metal para ir até abertura.

— Consigo te ouvir arrastando o pé! — Rocky gritou. Depois, houve o som de algo batendo em metal, seguido por um grito de verdade de Rocky.

— Guaxinim! — Thor gritou, levantando-se imediatamente do assento do piloto. — Você está bem?

— Tô ótimo! — Rocky esbravejou. — Não tem espaço aqui embaixo, os fios estão embaraçados, eu levo um choque a cada dois segundos e acabei de bater a cabeça no teto. Tá tudo uma maravilha!

No fim do resmungo de Rocky, Groot já havia chegado à abertura. Ele se ajoelhou e olhou para dentro.

Ali estava Rocky, balançando a cabeça intensamente. Ele estava deitado de costas, olhando para cima e fitando o emaranhado de fios que costuravam o teto do espaço. Havia pouco espaço separando-o dos fios.

– É pra hoje! – Rocky gritou e Groot bufou.

– Eu sou Grooo... – ele começou a dizer, mas sua mente lhe lembrou momentaneamente das palavras que havia lido no diário de bordo de Rocky.

Ainda o temos conosco, mesmo que seja diferente. Temos sorte de tê-lo.

Eu tenho sorte de tê-lo. É como uma segunda chance.

Groot engoliu a resposta que já havia saído parcialmente da sua boca.

Rocky não disse nada a ele.

– Olha, é só usar esses seus galhos para pegar aquele fio vermelho ali. – Ele apontou para um fio vermelho cortado na ponta, expondo uma fina tira de metal.

– Eu sou Groot?

– Madeira não conduz eletricidade – Rocky disse, com um tom de frustração. – Pare de ser um bebezão.

As palavras mexeram um pouco com Groot, mas ele fez seu dever. Entrou no espaço, estendeu seus dedos e pegou o fio vermelho. Houve uma faísca repentina, mas, como Rocky havia dito, nada aconteceu com Groot.

Rocky se virou para o jardim de fios diante dele e começou a cortar um azul com um alicate.

– Agora me dá o vermelho – Rocky disse.

Groot fez o que lhe foi pedido.

Um momento depois, Rocky havia conectado o fio azul ao vermelho, e as faíscas pararam de vez.

– Eu sou Groot? – o ser arbóreo disse.

– É, acho que isso funcionou. – falou Rocky.

Rocky se remexeu para sair do compartimento, afastando-se dos fios e se aproximando da abertura. Groot fez questão de sair da abertura antes que Rocky chegasse a ela. Ele ofereceu a mão a Rocky e o puxou para fora.

– Ei, por que você está sendo tão prestativo? Você fez alguma coisa de errado? – Rocky perguntou, estreitando os olhos para Groot.

– Eu sou Groot! – Groot falou, com uma postura defensiva. Sua resposta provavelmente foi um tanto exagerada.

– Calma aí – Rocky disse. – É que você ficou todo gentil de repente, só isso. Me faz pensar que você fez alguma coisa que não devia ter feito e está tentando esconder isso.

Os olhos de Groot se arregalaram.

Será que ele sabia sobre o tablet*? Como ele poderia saber sobre o* tablet*?*

De repente, Rocky começou a rir.

– A sua cara tá impagável! Desculpe, é brincadeira, Groot.

Rocky deu as costas para Groot e foi na direção da cabine de pilotagem e de Thor.

Groot bufou de novo, em seguida voltando para seu assento. Seus dedos de madeira encontraram a lateral do tablet abaixo do kit de primeiros socorros e pegaram o aparelho em silêncio.

– Eu sou Groot – ele disse, voltando à sua leitura.

CAPÍTULO 17

NOTA 3X-AFVN.13.21

Estávamos descendo a colina, nos afastando do escombro em chamas que até pouco antes era um carro flutuante.

— Não acredito que deixaram a gente pegar aquela sucata — falei, enfurecido. — Aquilo não tinha nada que estar na estrada. Podia ter matado a gente!

— Tecnicamente, ninguém deu o carro para a gente — Dey observou. — Você o roubou.

— Nós o roubamos — corrigi. — Você foi meu cúmplice.

— Está bem, nós roubamos — falou Dey.

Nós andamos pela estrada metálica, sentindo a chuva roxa esquisita no rosto e, por um breve momento, o silêncio da coisa toda parecia quase tranquilizante, como se tudo estivesse bem no mundo.

— Mas então, onde estávamos antes de o carro idiota decidir parar de funcionar? — perguntei.

Dey pensou e depois disse:

— Eu tinha perguntado o que Meer Kaal contou para você sobre o estoque de armas.

Então eu contei para Dey.

— Aphos Prime? — ele disse, e sua voz soava toda esquisita e meio cantada.

— Aphos Prime — respondi.

— Você tem certeza de que ele disse *Aphos* Prime?

— Assim como tenho certeza de que estou aqui ouvindo você fazer a mesma pergunta de novo e de novo — respondi. Foi meio sabichão da minha parte, mas imaginei que se alguém podia aguentar isso, era Dey.

— Não pode ser — Dey falou, e ficou meio que com um olhar distante.

— Como assim?

— Aphos Prime... esse planeta nem existe mais — Dey falou.

— Bem, Meer Kaal tinha bastante certeza de que existe, e de que era lá que as armas estavam escondidas — disse, com um tom neutro.

— Você tem certeza absoluta? Acha que ele poderia estar mentindo para você?

Pra isso, tive que dar um rolar de olhos.

— Escuta aqui, Dey — retruquei, deixando as coisas claras. — Eu consigo saber quando qualquer pessoa está mentindo. Qualquer uma. QUAL-QUER U-MA. E esse cara estava falando a mais pura verdade.

— Mas como você sabe? — Dey interrogou.

— Porque... — falei — ... eu disse pra ele que trabalhava pro Thanos.

— Você o quê?

— É isso mesmo. — Sorri.

— E o que ele respondeu? — Dey perguntou, sinceramente interessado.

— Bem, foi menos o que ele disse, e mais o que ele fez. — E aí expliquei sobre o que aconteceu com as calças dele.

Dey riu.

— Não creio.

— Pois creia. Pelo menos não é a gente que vai ter que limpar a sujeira.

Rimos disso por um tempo. Depois, Dey voltou para a questão de Aphos Prime.

— Aphos Prime supostamente foi destruído há anos — ele disse.

— Parece que não foi tão destruído quanto você imaginava.

Estávamos quase no pé da colina, depois de termos andado bastante. A chuva caía sem parar, e eu conseguia enxergar a pequena cidade com o bar no qual Drax, sem dúvida, ainda me aguardava.

Eu estava prestes a dar tchau para Rhomann Dey quando ele se virou para mim e disse:

— Vou precisar de sua ajuda com mais umas coisas, Rocky.

Odeio quando dizem isso.

*

NOTA 3X-AFVN.13.22

Estava cheio de agir feito um desgarrado nessa história e decidi que seria melhor se trouxéssemos o resto da equipe. Então voltamos ao bar para nos encontrarmos com Drax e, chegando lá, ligamos para Quill, que estava com Gamora e com Groot.

A gente se sentou à mesa com Drax e ouviu ele contar uma história bem longa sobre a infância dele. Pelo menos acho que era sobre a infância dele. Eu meio que estava metade ouvindo e metade pensando que era melhor a gente ir embora e não se envolver mais do que eu já tinha me envolvido.

Quando os três que faltavam chegaram, Drax tinha terminado sua história e ria feito louco, batendo a mão na mesa com tanta força que rachou seu topo. Dey e eu trocamos olhares, sem saber ao certo o momento em que perdemos a piada.

— O que é que tá pegando? — Quill disse ao chegar à mesa. — Era pra vocês se encontrarem com a gente na *Milano* uma hora atrás.

— É, percebi que você ficou tão preocupado que mandou uma equipe de busca — eu disparei em resposta.

Quill instantaneamente ficou na defensiva.

— Ei, eu só estava respeitando seu direito à privacidade.

Como sempre, Gamora foi a voz da razão.

— Calem a boca vocês dois, seus idiotas — ela falou. — Rhomann Dey, Rocky disse que você precisa de nós.

— Pois é, o que os Guardiões da Galáxia podem fazer pela Tropa Nova? — disse Quill, que se sentou, reclinou-se na cadeira e colocou as mãos atrás da cabeça. Acho que ele estava gostando da oportunidade de fazer Dey contrair uma dívida conosco. Especialmente considerando que tivemos que pedir para a Tropa Nova rebocar a gente depois que a *Milano* foi danificada por aquele tal de Van'Lan. Quill e eu não concordamos em muitas coisas, mas tinha que admitir que entendia o modo de pensar dele neste caso.

— Primeiramente, eu quero que saiba que está me matando por dentro ter que pedir sua ajuda, Fedor das Estrelas — Dey falou.

Fedor das Estrelas? Essa é a coisa mais engraçada que eu já ouvi. Juro, vou usar isso de agora em diante.

— É Senhor das Estrelas — Quill disse, esquentado.

— É, eu sei — Dey respondeu. — Mas de qualquer modo, preciso que vocês hackeiem o Salão de Registros em Xandar.

Gamora fitou Dey, depois virou a cabeça e olhou para mim.

— Rocky, o que está havendo aqui? — ela perguntou.

— Não olha pra mim, essa ideia não é minha — falei.

— Rocky tem razão. Ele me ajudou a obter uma... bem... uma informação da qual eu precisava — Dey começou a falar. — E agora preciso acessar o Salão de Registros para conferir uma coisa.

— Então por que você mesmo não acessa o banco de dados? — Gamora perguntou.

Dey não disse nada, e foi aí que Quill ficou com um brilho nos olhos e os arregalou bastante.

— A não ser que você não possa acessar o banco de dados por conta própria porque é proibido — ele falou, ficando de repente muito contente consigo mesmo.

— Eu não diria que é proibido — Dey respondeu com cuidado. — Está mais para confidencial.

— Qual é, Quill, qual que é o problema? A gente volta para a *Milano*, hackeia o banco de dados, pegamos a informação de que o Dey precisa e saímos deste buraco — eu falei. Me parecia um bom plano.

— Espera um segundo — Quill falou. — Nós não somos mais criminosos, certo? E o que acontece com a gente se a gente for pego fazendo isso? Vamos ser criminosos de novo, não é?

— A sua lógica é impressionante – eu falei.

— É mesmo – Drax concordou, sem um pingo de sarcasmo. – É tão transparente o modo como ele pensa.

— E se eu disser que o destino da galáxia está em jogo? – Dey falou.

— E quando não está? – respondeu Gamora, que, em seguida, puxou Quill pelo braço. – Vamos, Peter. Vamos voltar para a nave e cuidar disso.

— O quê? – Quill disse. – Por quê? Ainda estamos...

— Não, não tem nada de "ainda estamos" – ela falou. – Nós vamos ajudar Dey a pegar a informação que ele precisa e depois vamos embora.

— Me dá um bom motivo pra gente ajudar ele – Quill protestou.

— Porque ele colocou o dele na reta por nós quando ninguém mais faria isso – Gamora argumentou.

— E porque ele é gente boa – acrescentei.

Ah, queria que você visse o jeito que todos olharam pra mim quando disse isso.

— Que foi? – falei. – Não olhem pra mim assim. É verdade!

CAPÍTULO 18

NOTA 3X-AFVN.13.45

O caminho de volta para o hangar onde a *Milano* era consertada foi sem graça e sem acontecimentos. Bem, quase. Teve as brigas e discussões de sempre, mas acho que nós somos meio como uma família, né? É isso que famílias fazem. Brigam. Talvez não tanto quanto a gente.

Ainda assim, família.

Enfim.

A gente planejou exatamente o que deveria acontecer. A gente acessaria uma sessão de jogo xandariana e usaria isso como ponto de acesso para hackear o Salão de Registros. O computador da *Milano* não era parte de nenhuma rede, então teoricamente não havia nenhum jeito de a Tropa Nova rastrear a transmissão e chegar até nós.

Teoricamente.

Pra ser sincero, agora que eu vejo escrito assim, parece um monte de conversa fiada na qual nem eu acredito.

Quando chegamos à *Milano*, os consertos na nave estavam quase prontos. Claro, ainda tinha remendos em alguns lugares e a coisa toda precisava de uma pintura nova. Mas, no geral, ela parecia estar num bom estado, se considerarmos as circunstâncias.

– Rocky, vá com Dey pra dentro – disse Gamora. – Comecem a busca. Nós vamos examinar as coisas aqui fora e ajudar a finalizar os reparos.

Com Drax, Gamora, Quill e Groot do lado de fora, Dey e eu embarcamos na *Milano* e sentamos na cabine de pilotagem. Eu liguei o computador central e esperei que ele iniciasse o sistema.

– Leva mais ou menos um minuto – falei, apontando para o computador –, ele é velho.

– Que nem você – Dey respondeu.

Caramba, gostei mesmo desse cara.

O computador zuniu e estalou por alguns segundos, até voltar à atividade. Então fui direto para o site xandariano de jogos, como Dey havia falado. Depois que ganhamos acesso, comecei a hackear.

Dey e eu estávamos sentados esperando o Salão de Registros aparecer na tela quando senti uma coisa nas minhas costas.

Uma coisa feita de metal.

E aí escutei três palavras que ninguém nunca quer escutar.

– Olá, homens mortos.

CAPÍTULO 19

NOTA 3X-AFVN.13.51

– Você está de brincadeira comigo?

Não esperava Dey esquentar a cabeça assim. Mas ele estava bastante irritado.

Acho que não o condeno por isso. Afinal, o único motivo pelo qual Meer Kaal estava ali na *Milano*, sem a prótese de orelha e com uma arma nas nossas costas, era eu.

– Sem brincadeira – Meer Kaal disse. – Isto aqui é seríssimo. Agora, olhos no computador enquanto eu frito suas tripas.

– Espera um pouco – disse Dey, exaltado, perfurando meus olhos com os dele. – Deixe-me entender. Você está me dizendo que, quando saiu da cela, não se preocupou em fechar o buraco?

– Sim – respondi.

– Você teve a presença de espírito de roubar a *orelha* dele, mas não de fechar uma porcaria de buraco? – Dey continuou.

– Sim – repeti.

Dey se virou a fim de olhar para Meer Kaal.

– Isso é cem por cento verdade?

– Cem por cento – Meer Kaal disse, e ergueu a arma até que ela ficasse entre os olhos de Rhomann Dey. – Você sabe demais, Rhomann Dey. Vou eliminar você e esta criatura horrível e raivosa. Assim, meu segredo estará seguro novamente. Diga adeus.

Ele desativou a trava de segurança de sua arma. O cara estava falando sério.

– Peraí! – falei.

– O que foi agora? – Meer Kaal respondeu, soando bem bravo. Bem, não bravo. Mais para frustrado. O que eu entendo. Já me disseram algumas vezes que eu tendo a testar a paciência dos outros.

– E como a gente sabe que você falou a verdade? – indaguei para Meer Kaal. – Talvez você estivesse mentindo pra gente desde o começo. Você é kree, não é? Vocês não conseguem resistir a todas as técnicas de interrogatório?

Isso pareceu confundir Meer Kaal. Ele ficou ali parado por um tempo, como se estivesse pensando no que eu tinha acabado de falar.

– Sim, é claro que eu sou kree, eu... – Meer Kaal disse, e sua voz sumiu. Acho que foi nesse instante que ele percebeu que eu tinha feito uma armadilha. Que, se ele tivesse mentido pra nós, não teria que se dar ao trabalho de nos matar. O único motivo para aparecer na *Milano* seria o fato de que ele havia contado a verdade.

Aposto que isso deixou ele *bem* bravo.

Considerando o jeito que ele botou a arma na cara de Dey, acho que deixou mesmo.

— Chega — ele rosnou. — A hora de falar já passou. Agora é hora de morrer!

Eu dei de ombros e olhei para a frente.

— Tudo bem, se é assim que você quer. Mas acho que você tá cometendo um grande erro.

— Ah, você acha? — Meer Kaal falou, com desdém. — Adivinha só, sua aberração peluda: ninguém se importa com o que você acha!

— Eu sou Groot!

Como eu fiquei feliz em ver o carinha. Digo, não era como o Groot grande com o qual eu estava acostumado no passado. Aquele cara era enorme e simplesmente chegava e salvava meu pescoço o tempo inteiro.

Mas ali estava o Groot pequeno, aparentemente prestes a fazer exatamente a mesma coisa.

Ele pulou nas costas de Meer Kaal e começou a bater nele.

Eu fiquei tão orgulhoso dele! Descendo a mão em Meer Kaal assim como eu teria feito se não estivesse em uma cadeira virada para o outro lado e com uma arma apontada para as minhas costas!

Depois o resto dos Guardiões fez uma entrada estrondosa. Groot estava em Meer Kaal e não o soltou até Drax socar o cara na barriga, fazendo-o cair no chão como uma pilha de uma orelha só.

— Quem é ele? — Drax perguntou.

— É o homem esquisito que encontramos na rua — Gamora disse, reconhecendo-o.

– Este... – Dey falou – ... é Meer Kaal. Que ainda estaria sob custódia da Tropa Nova se não fosse por um certo Rocky. – Ele me lançou um olhar acusatório.

Caramba. Você tenta ajudar e leva bronca, não é mesmo?

– Me sinto bastante julgado – falei.

✷

NOTA 3X-AFVN.13.62

Queria ter tirado uma foto. Drax sentou em cima de Meer Kaal para imobilizá-lo enquanto finalizávamos o serviço. Literalmente *em cima* dele. Foi inacreditável.

Eu voltei a hackear o banco de dados do Salão de Registros. Nós entramos nele e demos uma olhada até eu conseguir acessar o arquivo confidencial sobre Aphos Prime. Nós transferimos a informação diretamente para Rhomann Dey e saímos antes que alguém no Salão de Registros pudesse nos detectar.

E foi isso.

– Parece que devo uma aos Guardiões da Galáxia – Dey falou enquanto descia a rampa rumo à doca de conserto abaixo, levando Meer Kaal preso e algemado à frente dele e com o resto de nós seguindo atrás.

– É, parece que deve – falei.

Gamora olhou torto pra mim.

– Rocky – ela advertiu.

Eu sempre me sinto mal quando ela faz isso. Ninguém faz eu me sentir mal que nem ela faz. Acho que você é obrigado a se perguntar o que fez de tão errado que até a filha de Thanos está brava com você.

Enfim.

— Não, ele tem razão — Dey disse. — Eu devo mesmo a vocês. Por causa da ajuda que deram, conseguiremos salvar mais vidas.

— Eu te levo até a saída — falei para Dey, dispensando os outros. Nós saímos da *Milano* e fomos até as portas grandes do hangar que levavam de volta à cidade.

— Foi uma experiência e tanto — falei. E estava sendo sincero.

— Digo o mesmo — Dey anunciou. — Se me contasse na primeira vez que eu te vi que um dia trabalharíamos juntos, eu não acreditaria.

— Nem eu — falei. Ainda sincero.

— Desejo aos dois uma morte dolorosa e arrasadora! — Meer Kaal proferiu enquanto se debatia de suas amarras.

Eu sorri.

— Tá bom, então.

— Te vejo pela galáxia, Rocky — Dey falou, me dando um tapinha de ombro.

Eu respondi com um aceno rápido, depois me virei e voltei para a *Milano*.

∗

— Eu falei pra você não mexer nos controles, não falei?

— Falou.

Groot tirou os olhos do tablet. De seu ponto de vista no fundo da pequena nave, ele conseguia ver Rocky sentado na cadeira de piloto. De pé ao lado dele, com as mãos erguidas em protesto, estava Thor.

— Então por. que. você. está. mexendo. neles? — Rocky gritou.

— Porque você me pediu — Thor respondeu, com uma voz surpreendentemente calma.

— Ah, é? E quando eu disse isso? — Rocky contestou.

— Eu sou Groot — a criatura arbórea interveio.

— Fique fora disso — Rocky disparou por sobre o ombro. — Não falei com você!

— A árvore está correta — Thor disse. — Você me pediu para ficar nos controles enquanto você estava lá embaixo, fazendo os reparos.

— Ah! — Rocky disse, saltando de modo a ficar de pé em seu assento. Ele ainda assim não chegava nem perto de poder olhar para o asgardiano no mesmo nível, mas estava um pouco mais próximo. — ficar nos controles! Não mexer nos controles! Você percebe a diferença? Consegue entender?

— Sinto muito, capitão — Thor disse, com um tom apaziguador. — Eu respondo a você, é claro.

— ah, é? — Rocky gritou, e levou um momento para se dar conta de que Thor havia mesmo pedido desculpas e reafirmado que ele estava, de fato, no comando da nave. Ao perceber isso, ele se acalmou quase na mesma hora.

— Bem, só não mexe nos controles, é só isso — Rocky resmungou com a voz contida.

— Ouço e obedeço — Thor respondeu.

— Eu sou Groot.

Thor suspirou e sorriu para Groot.

— Foi exatamente o que pensei.

CAPÍTULO 20

Enquanto Rocky mexia nos controles da estação de pilotagem, Thor caminhou até o fundo da nave, colocando a mão direita contra o casco da nave e se curvando para evitar bater a cabeça.

— Eu sou Groot — a criatura arbórea disse, olhando de seu assento.

— A maioria dos asgardianos é razoavelmente alta, sim — Thor respondeu. — Estamos acostumamos a nos agachar. Você tem estado quieto durante a maior parte da viagem. Se preparando?

— Eu sou Groot. — Ele deu de ombros.

— Entendo — Thor comentou. — Às vezes a melhor coisa a se fazer é afastar seus pensamentos de uma tarefa iminente.

— Eu sou Groot.

— Sim — Thor falou. — Diria que é uma tarefa quase impossível essa que temos à frente.

Toda a nave ficou quieta por uns momentos enquanto Rocky pilotava. Thor e Groot estavam ambos absortos em seus próprios pensamentos.

– Ei, Thor! – Rocky chamou, dando as costas para o painel de navegação e virando-se para Thor e Groot. – Me fala mais sobre esses anões.

– Os anões de Nidavellir – Thor disse. – Os anões forjam armas para os asgardianos. Em troca, oferecemos proteção.

– Então é tipo uma máfia de extorsão? – Rocky perguntou.

– O que é uma máfia de extorsão? – Thor disse.

– Exatamente o que você descreveu.

– Falando assim, parece ser algo ruim – Thor comentou.

– Eu não falei assim – Rocky respondeu. – *Você* falou assim.

– Ei, olhe, asteroides! – Thor disse, apontando para a janela da frente da nave.

Imediatamente, Rocky girou sua cadeira.

– O quê? Onde? – ele disse, com uma voz cheia de urgência. Logo percebendo que não havia asteroides e Thor estava apenas se retirando da conversa, Rocky deu um riso falso.

– Rá – rebateu em voz alta. – Isso sou eu rindo.

– É um bom som – Thor disse, antes de se sentar de novo.

Groot olhou enquanto Thor fitava pela janela o vasto mar espacial e Rocky voltava a dedicar sua atenção para pilotar a nave. Eles chegariam ao seu destino em breve.

Vendo que seus dois companheiros de viagem estavam suficientemente ocupados, Groot mais uma vez voltou sua atenção para o tablet.

CAPÍTULO 21

NOTA 3X-AFVN.313

Minha mente não está em um bom lugar. Na verdade, ela está tão longe de estar em um bom lugar que eu não conseguiria encontrar um se você me desse um telescópio.

E tudo por causa dessa "missão de resgate".

Saco. Até o som das palavras agride meus ouvidos. "Missão de resgate". Soa como uma coisa que você faz sem ser pago por ela.

– É exatamente isso que é.

Foi isso que Gamora me disse quando contei para ela o que ouvir as palavras "missão de resgate" me fazia pensar.

– Olha, é assim: eu entendo o conceito de uma missão de resgate – falei, apresentando meu argumento. – As pessoas precisam da nossa ajuda. Beleza. Por mim, tudo bem. O que eu não entendo é por que elas não deveriam pagar a gente pela ajuda?

– Porque somos heróis. – Quill entrou na conversa. – Somos os Guardiões da Galáxia. Nosso trabalho é… guardiar.

– Eu sou Groot.

Rá! Groot tinha razão.

– É, essa palavra não existe.

– Agora existe – Quill disse, me encarou com um olhar perfurante e voltou a olhar para os controles da nave. Eu fiz um som de nojo com o fundo da garganta. Quill só estava bancando o salvador altruísta para Gamora gostar dele. Puxa-saco.

– Rocky.

Foi Gamora quem falou. Sempre a voz da razão. De vez em quando, eu detestava a razão. Mas eu gostava de Gamora. Que contradição.

– Temos que ajudar. Somos a única nave no quadrante rápida o suficiente para chegar até eles. Se não ajudarmos, pessoas vão morrer – Gamora disse.

Lá vem ela, mexendo com o coração.

– Odeio quando você fala essas coisas – resmunguei.

– Quando ela fala quais coisas? – Drax perguntou.

– Que se a gente não ajudar, pessoas vão morrer!

– É verdade! – Gamora gritou.

– Eu sei que é verdade! – respondi também aos gritos. – Mas eu não gosto!

Então eu fiquei lá na minha cadeira, olhando para fora da cabine e me remoendo por alguns segundos. Sabia que Gamora tinha razão. E também sabia que ir ajudar essas pessoas era a coisa certa a se fazer. Mas às vezes velhos hábitos são difíceis de se perder, sabe?

– Tá bom, beleza, a gente faz do seu jeito – falei por fim, gracioso e flexível como sempre. – Vamos salvar o dia de novo.

— Obrigada — Gamora disse, mas acho que ela não estava sendo sincera.

— De nada — falei, sabendo que não estava sendo sincero. — Mas eu tenho um pedido. Um pequeno, humilde e mísero pedido.

— Manda bala — Quill falou, virando algumas chaves em um painel lateral.

— No fim de tudo, quando todo mundo estiver seguro e contente, se eles se oferecerem para pagar pelos nossos serviços, A GENTE PODE PELO MENOS ACEITAR A PORCARIA DA RECOMPENSA?

— Eu sou Groot.

— Exatamente — disse, apontando meu polegar para o carinha para dar ênfase no que falei. — O Groot entende!

— Está bem — Gamora disse. — Se oferecerem, você pode aceitar.

Parecia que ela tinha cedido, mas eu conheço Gamora bem demais pra achar isso. Era mais que ela sabia o que me faria calar a boca, então só disse o que eu queria ouvir.

Ela é boa nisso.

— Beleza, agora que isso tá resolvido, em que tipo de situação ridícula a gente vai se meter dessa vez? — falei, porque sabia que a situação seria cem por cento ridícula; caso contrário, não envolveria a gente.

— Bem — Quill disse, olhando para a tela na frente dele. — Não é... excelente.

— Não é excelente? — eu perguntei. — O que "não é excelente" significa?

— Não é excelente — Drax respondeu. — É óbvio. Significa que...

— Eu sei o que significa — falei, interrompendo Drax. — A minha pergunta é: quais são os DE-TA-LHES dessa missão de resgate?

Quill riu.

— Ah, isso? É, você não vai gostar.

*

NOTA 3X-AFVN.334

Caramba. Quill não mentiu.

Essa missão de resgate seria uma tremenda porcaria.

No fim das contas, a nave que precisava de resgate era um veículo de mineração de "origem desconhecida". Isso significa que eles não disseram de onde eram quando enviaram o sinal de socorro. Então, de cara, não tínhamos nenhum jeito de saber se eles eram amigáveis, hostis ou qualquer meio-termo disso. Se eram krees, xandarianos, skrulls ou da droga do planeta Babaca.

E aí a coisa melhorou.

Eu disse que melhorou? Quis dizer que piorou.

A nave de mineração estava presa no meio de um campo de asteroides. Aparentemente, ela foi atingida por um dos asteroides e isso derrubou seu motor principal e os propulsores de controle. Sem isso, eles não tinham nenhum jeito de sair do campo de asteroides. Eles confirmaram na transmissão que a nave deles tinha escudos. Mas, a cada vez que um asteroide os acertava, a integridade dos escudos baixava.

Quando a quantidade suficiente de asteroides colidisse, o escudo baixaria de vez, e tchauzinho, nave mineradora.

Isso significava que estávamos correndo contra o relógio. Nós tínhamos um tempo limitado para chegar até a nave e tirar a tripulação do campo de asteroides antes que isso deixasse de importar.

– Mais alguém acha que essa missão de resgate é uma droga? – perguntei. – Quem achar, levanta a mão.

Eu levantei a minha.

Groot olhou pra mim e também levantou.

Bom rapaz.

– Não levantem a mão – Quill disse para nós. – Quem tiver levantado, abaixe. Isso é revoltante!

– Como assim é revoltante? – perguntei. – Eu só tô sendo sincero!

– Bem, então sua sinceridade é revoltante!

– Sejam adultos – Gamora disse para todos nós.

CAPÍTULO 22

NOTA 3X-AFVN.37

Cara, como eu sentia falta da *Milano*. Queria ter terminado os consertos nela. Quando caímos em Berhert, a nave já estava num mau estado. Para ser mais preciso, estava despedaçada. Tipo, com um pedaço num canto e outro pedaço em outro e, ei, olha, naquela árvore! É a cabine de pilotagem!

Eu trabalhei no que sobrou feito louco, com todo o coração, alma, suor e cuspe. Mas nunca consegui terminar os reparos, porque Yondu e os Saqueadores apareceram e começaram toda uma briga contra mim, Groot e Nebulosa.

Bem, nem tanto contra Nebulosa, porque ela entregou a gente rapidinho. Bem traiçoeira. Ela é boa.

Nós fomos capturados pelos Saqueadores, que tecnicamente estavam trabalhando para esse povo chamado de "os Soberanos", porque eu meio que roubei umas baterias anulax deles. Essa é outra história, mas é uma das boas.

De qualquer modo, os Saqueadores estavam tentando capturar os Guardiões – especialmente Quill – e nos levar até os Soberanos, para então coletar uma porrada de unidades.

Eles conseguiram pegar Groot e eu. Eles nos tiraram do planeta e levaram para a nave deles, a *Eclector*, então foi tchauzinho pra *Milano*. Depois disso, a gente escapou, foi enfrentar Ego, salvou Quill, salvou o universo, blá-blá-blá.

Nunca mais vi a *Milano*.

Então agora temos uma nave nova, que é rápida, mas não é tão rápida quanto eu gostaria. Não é feita pra aguentar o tipo de velocidade que eu gosto de obter dos motores. Não é como a *Milano*, *aquela* sim era uma nave construída pra ser veloz. Você conseguia voar nela e forçar a velocidade ao máximo e mais um pouquinho e ela aguentava que era uma maravilha. Esta aqui? É só *pensar* em passar dos limites de pressão e limiares de velocidade e essas coisas técnicas que a nave começava a chacoalhar. Que bebezona.

Dá pra sentir as vibrações no assento; é ruim nesse nível.

Sabe de que outro modo dá pra saber que é ruim? Gamora curvou-se na minha direção e disse:

– É normal ela fazer isso?

"Ela" era a nave.

Eu respondi:

– Não, mas está fazendo mesmo assim.

Eu achei que foi uma resposta bem imparcial, dadas as circunstâncias.

E aí conferi o horário estimado para chegarmos à nave mineradora. Até conseguimos um tempo bom, mesmo com essa banheira ameaçando cair aos pedaços a qualquer momento. Imaginei que a gente tinha mais ou menos uns vinte minutos para chegar. O campo de asteroides não estava visível ainda, mas estava no nosso sistema de navegação e a gente já tinha traçado um trajeto dentro dele para chegar à nave.

Quando digo "traçar um trajeto", quero dizer que olhei para a tela, vi um monte de asteroidezinhos individuais e concluí que teria de improvisar. Claro que não contei isso pra mais ninguém. Pelo menos não ainda.

– Quando chegarmos lá, temos que ser rápidos – Quill disse. – Não podemos nos dar ao luxo de fazer nenhuma bobeira.

– Com quem você tá falando, exatamente? – retruquei. Sei lá, parecia que ele estava me dando patada ou coisa do tipo.

– Ele está falando com todos nós, Rocky – Gamora disse.

– E tô falando com Rocky especificamente – Quill fez questão de acrescentar.

Viu? Eu sabia.

– Se você tem alguma coisa pra falar, Quill, fala logo. – Eu não estava no clima pra jogar esses joguinhos.

– Só tô falando que a gente não quer que nada dê errado nesse resgate. Temos um cronograma apertado e só teremos alguns minutos para transferir a tripulação daquela nave para a nossa antes que os asteroides a destruam.

– Ah – eu disse, decidindo se ia segurar minha língua ou não. Pensando agora, acho que talvez até tenha mordido a língua para segurá-la. Não adiantou. – Porque soou para mim que você tava falando só de mim.

– Não estava – Gamora disse.

– Tava sim – Quill disse.

– Odeio todo mundo nesta nave! – gritei antes de virar de volta para meu painel.

— Por que você me odeia? — disse Drax. — Eu não fiz nada. É um ódio injustificado.

— Tá bom, eu não te odeio — falei.

— Eu sou Groot.

— Nem você.

— Ótimo, então é só a mim e a Gamora que você odeia — Quill falou.

— Eu não odeio a Gamora!

— Então é só eu?

— Só você!

Quill olhou pra mim, franziu o cenho daquele jeito que faz quando acha que está com a razão e disse:

— Então é só falar isso da próxima vez! Você faz todo mundo se sentir mal quando fala assim.

— Os dois idiotas podem, por favor, parar de discutir para que a gente possa planejar o resgate? — Gamora disse. A expressão no rosto dela era bem séria. Era uma expressão que eu já tinha visto muitas vezes, exceto que normalmente era quando ela tinha uma espada em mãos e estava prestes a separar a cabeça de um coitado de seus ombros.

Então eu calei a boca.

✶

NOTA 3X-AFVN.389

— Chegando ao campo de asteroides... agora — Quill falou.

Naquele momento, tivemos pela primeira vez uma vista completa do campo. Era uma coisa monstruosa. Nunca vi nada igual antes. Não porque os asteroides eram enormes ou algo assim. Mas havia *tantos* deles. E, além disso, eles não estavam simplesmente flutuando no espaço. Tipo, em geral, quando vemos um campo de asteroides, só estão rolando ali, na deles. Como viajamos em alta velocidade, eles passam rápido por nós. Mas, como se movem em uma velocidade relativamente mais lenta, é mais fácil de evitá-los.

Não era o caso com este campo. Essas pedras estavam *se mexendo*. E estavam tão juntas que era como se formassem uma parede sólida. Eu me afundei na minha cadeira e, por um segundo, pensei mesmo no que a gente ia fazer.

– Isso não parece nada bom – Gamora disse, enfim. Fico feliz que foi ela quem falou primeiro, porque se tivesse sido Quill, eu provavelmente teria dado um murro nele.

– Eu sou Groot.

– É, tenho que concordar contigo, meu amigo. – Fiz que sim com a cabeça. – Vamos precisar de uma pilotagem das boas para passar por essa bagunça.

– Ainda bem que eu estou aqui – Quill falou.

– Não! – Gamora disse, depois deu passos furiosos até onde Quill estava sentado, agarrou as mãos dele e as tirou do controle. – Não vou tolerar isso de novo, não depois da última vez.

A "última vez" da qual Gamora falava foi o incidente logo após eu roubar as baterias anulax dos Soberanos. Estávamos fugindo de uma frota inteira de omninaves na nossa cola. Talvez tenha tido meio que uma conversa entre eu e Quill sobre quem era o melhor piloto e é possível que, de certo modo, nós talvez possamos ter sido um pouquinho responsáveis pela destruição da nave quando atravessamos...

... um campo de asteroides.

Droga. Detesto quando alguém que não sou eu está certo.

– Deixe Rocky nos guiar – Gamora disse, com autoridade. – Rocky, você consegue?

Olhei para a tela à minha frente e depois para o campo de asteroides propriamente dito na janela da cabine.

– Quer saber se eu consigo atravessar o campo de asteroides e chegar até a nave antes que ela vire churrasquinho? – falei.

(Fiz uma pausa para dar um efeito dramático. Foi bem dramático e teve muito efeito.)

– Sim.

Agora eu só precisava cumprir.

CAPÍTULO 23

NOTA 3X-AFVN.391

Você já tentou pilotar uma nave por um campo de asteroides enquanto absolutamente todas as pessoas a bordo da nave dizem exatamente aquilo que você está fazendo errado e como poderia melhorar?

Eu já.

— Que parte de "esquerda" você não entende?

— Ali em cima! Bem ali! Bem na sua frente!

— Eu sou Groot!

— Como você consegue não enxergar os asteroides?

— Eu sou Groot!

— Direita! Não esquerda. Direita!

Foi isso que eu ouvi por um minuto inteiro antes de ficar cheio.

— CALA A BOCA! TODO MUNDO! — gritei a plenos pulmões. — Sou eu quem está pilotando esta banheira, e se não gostarem do jeito que estou pilotando, guardem essa opinião pra vocês! Agora, se me permitem, eu tenho um campo de asteroides para atravessar!

Foi o pior voo que já tive de pilotar. Os asteroides andavam tão rápido e estavam tão juntos que eu nem tinha certeza de que a nave conseguiria passar pelas frestas.

Até o momento, tinha tido sorte. Claro, nós fomos atingidos algumas vezes por um asteroide solto aqui e ali... e aqui... e ali... mas, no geral, íamos bem.

– Alguém desliga essa porcaria de alarme! – O alerta de proximidade da nave existia pra nos alertar sobre qualquer objeto que estivesse chegando perto. Mas como tínhamos entrado em um campo de asteroides, tudo o que tínhamos eram objetos chegando perto. O alarme não parava de tocar e isso machucava minhas orelhas altamente sensíveis.

Não quero me gabar demais, mas a pilotagem era das boas. Eu estava evitando um conjunto de pedras espaciais em alta velocidade após o outro e fazendo parecer fácil. Mais ou menos.

Mas sempre há o perigo de um piloto ficar muito convencido das próprias habilidades. Não que isso tenha aontecido comigo. Eu sou um cara bem pé no chão. Só digo por dizer.

Mas acho que digo isso porque foi bem aí que um asteroide pequeno pegou a nossa asa direita e mandou a gente numa espiral.

"*PLAU!*" (Isso foi o asteroide.)

"*UÔU!*" (Isso foi a gente, enquanto perdíamos o controle e voávamos na espiral.)

De repente, a gente estava dando voltas e voltas numa velocidade altíssima. Senti meu estômago chegar até a garganta, voltar para baixo, subir de novo e assim por diante. Tenho certeza que todos os outros queriam vomitar também. Puxei com força o manche da nave, tentando interromper o giro, mas não consegui. As leis da física estavam no comando agora, e são leis bem difíceis de burlar.

Eu não tinha como parar o giro, mas ainda tinha algum controle sobre o movimento lateral da nave. Assim, consegui evitar os asteroides enquanto rolávamos pelo campo. Não era ideal, mas era a única coisa que eu podia fazer.

– Precisamos estabilizar a nave, senão vamos morrer! – Gamora gritou.

– É, eu sei! – respondi. Digo, eu sabia disso. Não era como se eu não entendesse nossa situação.

Quill rodou um diagnóstico rápido para descobrir por que não conseguíamos parar o giro. A resposta veio rápido, e não foi nada boa.

– O asteroide desativou os propulsores direcionais da asa direita – Quill gritou. – Não tem como usar os propulsores para contrabalancear o giro!

Isso era ruim, mas era verdade. Para interromper o giro, precisávamos contrabalanceá-lo com propulsão das duas asas de modo a endireitar a nave. Com apenas os propulsores da asa esquerda funcionando, ligá-los só faria a gente girar mais rápido.

Enquanto eu brigava com os controles, tentando evitar nossa morte, ouvi essa vozinha atrás de mim.

– Eu sou Groot.

– O quê? – falei e senti que os meus olhos iam pular para fora da cabeça. – Não vai, não! De jeito nenhum! Senta aí e não se mexe!

– Você não vai lá para fora, Groot! – Gamora gritou.

– Não – Drax disse. – Porque eu vou.
– O QUÊ?
(Todo mundo disse isso ao mesmo tempo. Só estando lá para ver, até que foi engraçado.)

CAPÍTULO 24

NOTA 3X-AFVN.392

Eu não conseguia acreditar. Quer dizer, conseguia, mas não conseguia, se é que me entende. Drax SEMPRE era quem "ia lá pra fora" durante um voo perigoso pra consertar ou atirar em algo. Essa situação era ideal pra ele, eu acho, porque dava uma oportunidade para consertar E para atirar, às vezes os dois ao mesmo tempo.

Nesse contexto, fazia todo o sentido.

– Você não vai lá pra fora! – gritei.

– Sou eu quem pode consertar a nave – ele disse, já pegando um traje espacial holográfico na caixa de estoque e segurando firme um fuzil na mão esquerda.

– Eu disse que você não vai lá pra fora porque eu descobri uma solução pro nosso problema!

– Descobriu? – Quill indagou.

– Você parece surpreso – falei em um tom de ameaça. – Não sei se gosto disso.

– Esqueça ele – Gamora disse. – Qual é a ideia?

– Vou desligar os motores e depois ativar os propulsores de ré com força máxima.

Engraçado. Depois que as palavras saíram da minha boca, a ideia parecia menos genial do que quando estava só na minha cabeça.

– Isso não vai funcionar – Quill disse de cara.

– Como você sabe? – Gamora perguntou.

– É, como você sabe? – concordei.

– Eu sou Groot.

– Bem, ele sempre vai ficar do seu lado – Quill resmungou.

– Olha, só confia em mim nessa. Precisamos interromper o impulso da nave para acabar com o giro. Acho que isso vai resolver.

Esperava que resolvesse.

– E quanto aos asteroides? – Drax perguntou.

– Puxe uma cadeira e comece a atirar – eu falei.

Foi um pedido que deixou Drax bem contente. Ele guardou o fuzil e o traje espacial, sentou na cadeira, apertou os cintos e começou a disparar.

– Todo mundo, se segure! – gritei. E aí desliguei os motores por completo. A gente ainda estava rodando, levados pelo embalo. Mas pelo menos não estávamos piorando a situação. Depois, liguei os propulsores de ré na potência máxima. Todo mundo teria voado para fora da cadeira se não estivessem todos com cinto de segurança.

O giro estava começando a diminuir, só um pouco, mas a nave não gostou do que eu estava fazendo com ela. Ela gemia e dava uma leve guinada, e eu vi faíscas saindo da ala de voo frontal. Isso provavelmente não era bom sinal.

— Eu não acho que ela vai aguentar por muito mais tempo! — Quill gritou em meio ao som do motor.

— Não acho que temos escolha! — Gamora disse.

Tinha cento e dez por cento de razão.

A nave ainda estava girando, mas não ia mais tão rápido. A velocidade diminuía a cada volta. Houve um som crepitante bem alto e a gente olhou ao redor, preocupado, porque não é um som que você quer ouvir dentro de uma nave espacial. Parecia o som de alguém arrancando um pedaço de uma asa.

— Olhem — disse Drax, com a voz neutra. — Lá se vai um pedaço da asa.

De fato, tínhamos perdido a ponta da asa direita. Não era uma grande perda, já que os propulsores direcionais já tinham queimado. Eu ainda tinha como pilotar a nave sem ela.

O giro continuou a desacelerar, até que eu finalmente desliguei os propulsores de ré. Depois, liguei o motor principal e empurrei o manche o máximo que consegui para a frente. Drax atirava em um asteroide que ia diretamente para a nossa cabine.

Ia ser por pouco.

✳

NOTA 3X-AFVN.41

— Não precisa ser sempre por tão pouco — Quill murmurou, alegre e otimista como sempre. Provavelmente só estava ressentido por não ter pensado naquela solução brilhante.

Já eu? Mal acreditava que tínhamos conseguido! No último segundo, Drax acertou o asteroide com um tiro perfeito e partiu a coisa bem ao meio. Eu recuperei o controle do impulso frontal da nave, e nós passamos entre as duas metades do asteroide sem nem raspar nelas.

— Ah, qual é! — exclamei. — Se não fosse por tão pouco, que drama teria? Que majestade teria?

— Você tem noção do quanto vai custar o conserto dessa nave? — Quill disse.

— Não, não tenho — retruquei. — Não sou contador.

Estávamos fora do perigo imediato, mas ainda tínhamos bastante perigo prestes a acontecer à nossa volta. O campo de asteroides era um pesadelo e nossa nave não estava na melhor das condições.

— Cadê a tal nave mineradora? — perguntei a Gamora, que estava olhando com muita atenção para seu rastreador.

— Segundo o aparelho, estamos praticamente em cima dela. Devemos enxergá-la a qualquer momento — ela disse. Então franziu o cenho e se aproximou da tela. — Isso… não pode estar certo.

— Opa, opa, o que não pode estar certo? — Quill disse. Soava preocupado.

Eu também estava preocupado. Sempre que alguém como Gamora diz "isso não pode estar certo", pode ter certeza de que não está certo. Ela não é de fazer brincadeira, não com coisas assim.

— A nave de mineração… tem um pico de radiação gigantesco saindo dela — ela disse. — Nunca vi nada igual.

— O rastreador não havia captado isso antes? — Drax perguntou.

Gamora balançou a cabeça.

– Não havia nada até agora. Ainda está ali... é como um pulso. Há um vaivém em ondas. Como se estivesse expandindo e se contraindo.

– Talvez seja algo que eles garimparam? – perguntei, tentando descobrir do que se tratava. – Algum minério?

– Talvez – Gamora disse. – De qualquer modo, vamos nos aproximar com a proteção de radiação ligada nos trajes holográficos.

– É – acrescentei. – A última coisa que a gente precisa é não ganhar recompensa E sofrer envenenamento por radiação.

CAPÍTULO 25

NOTA 3X-AFVN.49

— Alguma resposta? — Quill perguntou.

Gamora estava tentando se comunicar com o veículo de mineração desde que detectamos o pico de radiação vindo dele.

— Nada — Gamora disse. — Talvez o transmissor deles esteja fora do ar.

— Podem ter caído quando eles perderam os sistemas no campo de asteroides — falei. Fazia sentido. Era no mínimo plausível. Mas, ainda assim, eu não gostava daquilo. Alguma coisa nessa história toda não me cheirava bem.

— Ali está — Quill disse, e todo mundo olhou para a frente. Logo adiante, envolvida por um punhado de asteroides, conseguíamos enxergar a silhueta da nave de mineração. Não era muito grande, algo entre quinze e vinte metros de comprimento. Estava apagada, não havia luzes visíveis em nenhuma parte dela.

— Isso é sinistro — falei.

— Concordo com Rocky — Drax disse, encarando a nave dilapidada. — É sinistro de um modo que me deixa profundamente desconfortável. Permita-me descrever em mais detalhes.

— Não, eu tô de boa — falei.

— É. Todos estamos de boa, Drax — Quill interveio. — Todos nós já estamos arrepiados.

— Eu sou Groot.

— É, eu entendo querer dar o fora agora — falei para Groot. Ele não estava errado. Para uma muda, ele tinha mesmo aprendido bastante. E até que era esperto. Deve ter puxado a mim.

— Não podemos deixá-los aqui — Gamora disse. — Aproxime-se. Usaremos os trajes espaciais para entrar na nave e procurar sobreviventes. Depois, damos o fora daqui.

Olhei para Gamora.

— Quem sou eu pra dizer "não"? — falei enquanto levava a nave para mais perto.

A nave parecia abandonada. Enquanto nos aproximávamos, conseguíamos enxergar janelas no casco, mas não víamos qualquer sinal de vida através delas. Se a tripulação ainda estivesse viva, será que estavam escondidos em algum lugar?

Foi aí que me toquei.

— O pico de radiação — falei, aparentemente em voz alta, já que todo mundo olhou para mim. — A tripulação deve estar se escondendo da fonte, seja lá o que for. Talvez eles tenham uma câmara à prova de radiação?

— Isso explicaria por que não conseguimos ver ninguém — Gamora disse.

– É – Quill acrescentou. – Ou é isso, ou eles já morreram.

– Sempre esperando o melhor – falei. Geralmente, era meu trabalho ser tão pessimista quanto Quill. Até mais. E, apesar disso, lá estava eu, me aproximando de uma nave sinistra sem tripulação à vista e cheia de radiação, para depois entrar nela em busca de sobreviventes.

Qual era o meu problema?

*

NOTA 3X-AFVN.53

– Ali, se segure nessa barra!

Eu quase perdi. Se Quill não tivesse apontado a barra pra mim, eu teria passado reto pela nave. Fechei a mão, que por pouco conseguiu tocar a barra de metal. Puxando a mim mesmo, levei a outra mão à barra seguinte.

– Tudo certo aí? – Quill perguntou.

– Tudo, tudo – respondi. Eu provavelmente deveria agradecer, mas tenho dificuldade com esse tipo de coisa. Além disso, ele sabia que eu estava agradecido.

Olhei por cima do meu ombro e ali estava Drax, vestindo seu traje espacial holográfico. Ele estava no outro lado do casco da nave. Quill estava logo acima, usando as barras metálicas dispostas do lado de fora do casco para ir até a cabine.

– Tá enxergando algo lá dentro, algum sinal de vida? – falei pelo comunicador. Sabia a resposta antes de perguntar.

Quill balançou a cabeça.

– Nada. Não consigo ver nada do lado de dentro. Nem mesmo uma luz piscando em algum computador – disse.

– Gamora, o que diz a leitura de radiação?

Gamora e Groot estavam na nave. Se alguma coisa desse errado, eles estariam lá pra nos salvar. Ou deixar a gente pra trás, porque tínhamos morrido.

— A leitura está regular — ela disse em alto e bom som pelo comunicador. — Ainda indo e vindo.

— Beleza — falei, querendo deixar logo essa história toda pra trás. — Vamos abrir a portinhola e resolver isso. Não quero passar o dia inteiro aqui.

— Isso seria impossível — Drax disse. — Já passamos a maior parte do dia viajando para chegar aqui.

— Vamos despressurizar a cabine da nave para poder abrir a portinhola — Quill disse.

Eu escalei as barras de metal e fui até a portinhola. Tinha um teclado ao lado dela, que você podia usar para digitar o código que faria a cabine principal da nave perder a pressão e deixaria a atmosfera dentro da nave igual à do espaço. Assim, a portinhola poderia ser aberta, e nós poderíamos entrar.

Só tinha um problema.

— Ei, Quill — falei. — A cabine já está despressurizada.

O que diabos estava acontecendo?

※

NOTA 3X-AFVN.55

Escuridão total. Era isso que a gente via dentro da nave. A única luz vinha dos nossos trajes espaciais. Mas todos os computadores, todos os sistemas da nave, tudo estava desligado.

Eu, Drax e Quill estávamos do lado de dentro. Fui até o painel de controle próximo ao lado interno da portinhola para repressurizar a cabine. Pelo menos assim, se tivesse sobreviventes, eles não morreriam asfixiados nem nada do tipo quando a gente trouxesse eles para a câmara principal.

— Não há absolutamente nada aqui em cima – Drax disse, soando um pouco estupefato.

— Procure compartimentos de armazenamento – Quill falou. – É uma nave mineradora, com certeza ela tem algo do tipo.

Nós fomos até o fundo da nave e vimos um tubo com uma escada dentro. A escada levava para baixo.

— Quem vai primeiro? – falei. – Acho que devia ser o Quill, já que ele é o capitão dessa missão.

— Ah, quer dizer que *agora* eu sou o capitão da missão?

— CALEM. A. BOCA!

Essa foi Gamora, com sua voz vindo de fora da nave.

— Eu vou – disse Drax. – Enquanto isso, os dois covardes aí decidem quem é capitão.

Drax me ultrapassou, colocou seus ombros enormes dentro do tubo e desceu.

— Eu não sou covarde – Quill sussurrou para mim.

— Eu nunca disse que você era – respondi.

— Quill, Rocky.

Era Drax.

— Venham aqui embaixo. Agora.

CAPÍTULO 26

NOTA 3X-AFVN.57

Eu entrei no tubo primeiro e desci. Quill vinha logo em seguida. Quando cheguei ao convés e vi Drax, soube que a gente estava encrencado.

Drax estava deitado de bruços no chão de metal e tinha um pé enorme em cima da cabeça dele. O pé estava ligado a uma perna, ou o que eu imaginava ser uma perna. Não dava pra ter certeza.

A coisa que rendera Drax parecia meio que um bípede – sabe, dois braços, duas pernas, uma cabeça *et cetera*. Só que não parecia nem um pouco com um. Era todo grumoso e distorcido... como se alguém tivesse pegado um punhado de massa e esticado pra montar algo que parecia mais ou menos com uma pessoa, mas não era.

— O que diabos você é? – falei bem no momento em que Quill terminou de descer a escada.

O que quer que aquela coisa fosse, estava olhando bem pra mim. Os olhos tinham um brilho vermelho estranho que pulsava: forte e fraco, forte e fraco. Então vi algo atrás da coisa que me fez olhar duas vezes.

Tinha um pequeno buraco feito na lateral inferior do casco, algo que a gente não havia notado na primeira vez que conferimos a nave. Parecia que alguma coisa tinha atravessado e rasgado o casco. Um asteroide? Outra coisa?

Do lado oposto ao do buraco, fixo no chão de metal, tinha uma pedra vermelha pequena e incandescente. A pedra estava palpitante, quase como se estivesse viva, brilhando forte e fraco, forte e fraco.

– Olha, a gente não quer problema – Quill falou, levantando as mãos num gesto clássico de "viemos em paz".

– Fale por você – retruquei. – Não acharia ruim um pouco de problema no momento. Então que tal você tirar o pé da cabeça do meu amigo, e, como agradecimento, eu não explodo o seu corpo?

A coisa que estava com o pé na cabeça de Drax soltou um som sibilante, como vapor saindo de uma válvula. Depois começou a soltar um gemido desgraçado, como se estivesse com dor ou coisa do tipo.

– Rocky – Drax disse, rangendo os dentes e soando como se estivesse com muita dor. – O pé dessa coisa... está corroendo o meu traje espacial.

– O quê? – falei. – Como isso é possível?

A coisa gemeu mais alto ainda e apertou mais a cabeça de Drax com o pé. Eu não conseguia entender como um troço daqueles tinha rendido Drax. Quer dizer, a gente tá falando do Drax. Ele só é o melhor guerreiro de toda a galáxia. (Não conte a ele que eu disse isso.)

– Se puder tirar seu pé da cabeça do nosso amigo, nós vamos embora – Quill disse, tentando ter um ar de autoridade e fracassando completamente, como sempre. – Viemos em busca de sobreviventes. Não queremos machucar ninguém.

A coisa gemeu de novo, e, dessa vez, ouvimos algo se mexer atrás dela.

– O que foi isso? – falei. Não tenho vergonha em dizer que estava um pouco estressado a essa altura.

Então ouvimos o som de passos arrastados e um gemido baixo vindo da parte traseira do lugar. Apontei a luz do meu traje para o fundo e identifiquei a origem do som.

Mais três dessas... coisas, distorcidas e deformadas, gemendo e aos poucos se arrastando na nossa direção.

Pra mim, já bastava. Já não tinha mais paciência. Peguei uma arma que tinha acoplada nas costas do meu traje e me preparei para abrir fogo.

– Espere – Drax disse, com a cara toda amassada. – Não atire, Rocky.

– Eu estou com problema no ouvido? – falei. – Porque parece que você falou "Não atire, Rocky" e eu sei que isso não seria possível.

– Eles não querem nos fazer mal – Drax insistiu, com a respiração pesada.

– Mesmo? Porque o pé dessa coisa está tentando abrir um buraco na sua cabeça. Pra mim, isso parece fazer bastante mal – falei.

– Não, Rocky, ele tem razão – disse Quill, que colocou a mão na minha arma e a baixou.

Normalmente isso seria o suficiente para me tirar do sério. Mas, antes que eu pudesse reagir, Drax se manifestou:

– Acho que estes *são* os sobreviventes – disse.

✳
NOTA 3X-AFVN.62

Pobres manés.

Eu não sabia o que fazer.

Drax não sabia.

Quill não sabia.

Também não acho que Gamora ou Groot saberiam o que fazer.

Quando a nave de mineração ficou presa no campo de asteroides e perdeu os motores, eles devem ter mandado o pedido de socorro. E se tudo seguisse conforme o planejado, a gente teria chegado e resgatado todo mundo, e esse seria o fim da história.

Mas as coisas não seguiram conforme o planejado.

Pelo que pude descobrir, aquele meteorito vermelho ou seja lá o que fosse deve ter aberto um buraco no casco. Antes que a tripulação soubesse o que os atingiu, eles foram infectados com a radiação que o meteorito emitia.

No tempo que levamos para chegar lá, seus corpos devem ter sido arruinados pela radiação, sofrendo mudanças, mutações... até virarem as coisas que a gente via diante de nós.

— A gente precisa tirar esse pessoal dessa – falei. Não sei por que disse isso ou de onde vieram essas palavras. Mas ali estavam elas.

— Rocky, não sei se essa é uma ideia muito boa – Quill disse, nervoso.

— Não me importa se é a pior ideia da galáxia! – gritei para Quill. – A gente não vai simplesmente abandonar esses manés enquanto morrem. Eles merecem coisa melhor!

— Rocky — disse Drax de um jeito meio gentil, o que me pegou de surpresa.

— O quê? Você também vai ficar contra mim, Drax?

A coisa que estava com o pé na cabeça de Drax estremeceu por um momento, depois desmoronou no chão, adquirindo a forma de um amontoado. Os outros repetiram essa ação, um após o outro. As quatro coisas foram ao chão e começaram a brilhar e apagar, forte e fraco, forte e fraco. E não eram só os olhos. Dessa vez, eram os seus corpos. Os corpos inteiros.

— Rocky, acho que estão morrendo — Drax falou com tristeza. — Não há nada que possamos fazer por eles.

— Peter — Gamora chamou pelo rádio. — Vocês precisam sair da nave agora. Os níveis de radiação estão fora de série!

Olhei para as pobres e tristes coisas no chão, pulsando, brilhando, e concluí que Gamora tinha razão.

Não havia nada que pudéssemos fazer por eles. Isso me deixou mal. Queria ajudar. Mas se a gente ficasse, alguma coisa ruim também ia acontecer com a gente.

Era uma decisão terrível, o tipo de decisão que um capitão nunca quer tomar.

As palavras ficaram entaladas na minha garganta. Mas se tem uma coisa que sei sobre ser capitão, é que às vezes você tem que tomar decisões difíceis.

— Hora de abandonar a nave — falei.

CAPÍTULO 27

NOTA 3X-AFVN.653

Tudo depois disso é um borrão na minha memória. As coisas estavam lá no chão, brilhando vermelhas, pulsando no mesmo ritmo que o meteorito vermelho. Não sabia exatamente o que era, mas decidi na mesma hora que era algo perverso.

Eu, Quill e Drax subimos a escada e fomos até a portinhola. Despressurizamos a cabine, abrimos a porta e saímos.

Levamos mais ou menos um minuto para atravessar a distância entre os escombros e a nossa nave. Chegamos à nossa portinhola e embarcamos. Assim que entramos, ouvi Gamora gritar:

— Já entraram todos?

— Entramos! — gritei para o convés de pilotagem.

Gamora não estava desperdiçando tempo algum. Assim que soube que estávamos a salvo e a bordo, ligou os motores.

Quando me dei conta, estava dando cambalhotas, rolando até o fundo do compartimento da entrada, com Drax em cima de mim e Quill em cima dele.

Normalmente, eu teria algum comentário ou insulto sagaz para fazer. Mas pela primeira vez em muito tempo, não conseguia pensar em nada. Quill também devia estar se sentindo assim, porque nós dois só ficamos meio que quietos.

Os motores estavam ganindo, e eu conseguia sentir a nave novamente ameaçando se despedaçar de tanto tremer. Não tinha certeza de que ela aguentaria o estresse dessa vez.

Subimos até o convés de pilotagem e fomos até nossos assentos. Gamora zunia pelos asteroides, desviando para um lado e para o outro enquanto ficava de olho no leitor de radiação.

— Está atingindo massa crítica — Gamora disse. — Precisamos ficar a quinze quilômetros daqui nos próximos dez segundos ou vamos morrer!

— Precisamos de mais velocidade — Quill disse. E era verdade. Por mais rápida que essa nave fosse, não era a *Milano*. Tenho certeza de que a *Milano* conseguiria percorrer essa distância a tempo. Não tinha tanta certeza de que essa nave conseguia.

Gamora já havia feito a nave acelerar com força máxima. Olhei para o monitor perto de mim.

Onze quilômetros faltando.

Oito segundos.

Não íamos conseguir.

Íamos nos transformar em gosmas vermelhas, que nem aqueles pobres manés na nave de mineração.

— Se segurem! — gritou Gamora, que em seguida fez algo que eu devia ter pensado em fazer, mas não pensei. Ela levou o manche para a esquerda, virando a nave no sentido oposto. Depois, desligou o motor e acionou os propulsores de ré com tudo.

Os propulsores de ré eram os motores mais velozes que a nave tinha, o que fazia sentido, já que tinham que fazer a gente frear o mais rápido possível. Mas ao usá-los no sentido contrário? De repente nós AVANÇAMOS.

— Três segundos! — gritei.

Dois quilômetros.

Ia ser

por

pouco.

✳

NOTA 3X-AFVN.655

Estava tudo branco. Era só isso o que eu via. Podia jurar que eu estava morto.

Aí o branco começou a se apagar até tudo ficar preto. Eu conseguia ver silhuetas das coisas, mas não sabia onde eu estava ou o que as coisas eram.

Depois de um minuto, lembrei de tudo que tinha acontecido. A nave dilapidada, o meteorito vermelho, o destino horrível da tripulação. Nós voltando, Gamora acelerando para longe dali e, por fim, a explosão.

Isso mesmo, a explosão. O meteorito vermelho atingiu massa crítica e explodiu. Nós saímos da área de impacto primária, mas a onda de choque levou a nave para outro setor.

Eu pisquei, ou pelo menos achei ter piscado. Levou um tempo, mas tudo começou a entrar em foco. Eu estava na cabine de pilotagem e vi os outros Guardiões comigo.

Eles estavam bem.

Pelo menos pareciam bem.

Ninguém tinha sofrido mutação e ficado com brilho vermelho nos olhos.

Os controles estavam tão quentes que soltavam vapor. Não dava nem para tocá-los sem queimar a mão.

– Quem não estiver vivo, se manifeste – falei.

Gamora riu.

– Eu sou Groot.

Agora fui eu quem ri.

– Falei pra se manifestar se *não* estivesse vivo.

– Eu sou Groot.

– Viu? Agora ele pegou o espírito da coisa – falei, depois girei na minha cadeira e me virei para Gamora, que parecia um pouco abalada, mas não a ponto de estar mal. – Essa pilotagem foi... até que decente.

– Vou considerar um elogio.

– Ele está aborrecido porque sabe que você pilota melhor do que ele. – Esse comentário desnecessário veio da cadeira de Drax.

– Isso não é verdade – respondi.

– Qual parte? – Quill perguntou. – Você estar aborrecido ou a Gamora pilotar melhor do que você?

Eu tinha um comentário afiado pra pegar Quill de jeito, mas aí pensei na tripulação que deixamos para trás na nave abandonada e em como não pudemos fazer nada para ajudá-los. Naqueles olhos vermelhos.

Depois disso, só virei minha cadeira e olhei pela janela.

✳
NOTA 3X-AFVN.657

– Eu sou Groot?

Ninguém tinha dito nada por um tempo, então, quando Groot surgiu atrás de mim, fiquei um pouco surpreso. Os outros estavam ocupados fazendo consertos por causa de todos os danos que sofremos durante o resgate abortado.

– Claro, nanico. O que foi?

Ele me encarou com um olhar inquisitivo.

– Eu sou Groot.

– Bem… sim. Olha, não conta pra ninguém, mas sim. Estou um pouco… triste, acho?

– Eu sou Groot?

– Porque é muito triste o que aconteceu. Pessoas morrendo desse jeito… Não deveria acontecer – falei.

– Eu… sou Groot.

– Sim, mas acontece. Mais cedo ou mais tarde.

– Eu sou Groot?

– Sim, até eu.

– Eu… eu…

Ele não terminou a frase, só repousou um dos seus galhinhos no meu braço e olhou para mim; seus olhos estavam enormes.

E eu não soube mais o que dizer.

CAPÍTULO 28

– O que é isto? – Thor disse, fitando o objeto em sua mão.

– O que acha que é? – Rocky respondeu. – Um mané perdeu uma aposta pra mim em Contraxia.

Thor estudou o objeto em sua mão.

– E ele te deu o próprio olho? – Thor disse, como se tentasse compreender por que exatamente esse companheiro diminuto havia portado por anos um olho artificial.

– Não, ele me deu cem créditos – Rocky explicou. – Depois, eu entrei no quarto dele à noite e roubei o olho.

Naquele momento, Groot se deu conta de que o olho que Rocky havia "obtido" de Skoort não era o mesmo que o amigo havia dado a Thor. Mas isso o fez se perguntar: o que Rocky fazia com todos esses membros e olhos artificiais, para começo de conversa?

Groot não tinha certeza do que pensar a respeito disso. No mínimo, era uma mania estranha; muito, muito estranha. Mas não importava. Depois de ler as anotações em seu diário de bordo, Groot havia descoberto um outro lado de Rocky. Em algum lugar, dentro de todo aquele pelo e sarcasmo, havia um coração tão grande e bondoso quanto qualquer um que Groot já tivesse visto. E isso estava à vista naquele momento, bem à frente dele.

– Obrigado, guaxinim gentil – Thor disse. Sem mais delongas, ele tirou o tapa-olho do lado direito do rosto e colocou o olho artificial em sua órbita. O ato fez um som úmido de sucção e deixou Groot fascinado. Ele não conseguia parar de olhar.

– Er... Eu teria lavado antes – Rocky comentou. – O único jeito de sair de Contraxia com ele foi escondendo no meu...

O pensamento de Rocky foi interrompido no meio da frase por um alerta no painel da cápsula.

– Opa! Chegamos! – Rocky disse.

Groot curvou-se para a frente na tentativa de conseguir uma vista melhor da janela da cabine. Eles estavam rodeados por escuridão. Onde quer que "aqui" fosse, não parecia convidativo.

Logo em seguida, Groot notou Thor estapeando a lateral da própria cabeça. O olho artificial rolou um pouco, como se estivesse tentando se ajustar aos novos arredores.

– Acho que não está funcionando – Thor disse, tentando fazer o olho entrar em foco. – Está tudo escuro.

Mais uma vez, Groot olhou para fora da cabine. Eles deveriam ter chegado a Nidavellir. Deveriam fazer uma arma capaz de destruir Thanos de uma vez por todas. Mas tudo o que ele conseguia ver era um objeto colossal flutuando no espaço, negro e sem vida.

– Não é o olho – disse Rocky. Groot notou o tom sombrio na voz do amigo.

EPÍLOGO: WAKANDA

Rocky lutou com mais afinco do que em qualquer outra luta da qual pudesse se lembrar em toda a sua existência.

Todos lutaram com esse afinco. Cada um deles.

Ele havia ficado lado a lado com heróis de outro mundo, pessoas que nunca tinha visto antes. Juntos, deram tudo que tinham, juntos em uma última tentativa desesperada de deter Thanos.

O objetivo deles era evitar que o titã obtivesse a sexta e última Joia do Infinito, retirando-a de um ser chamado "Visão".

Eles fracassaram.

E, com um simples estalar de dedos, Thanos apagou metade das criaturas vivas do universo.

Diante dos olhos de Rocky, pessoas que momentos antes lutavam por suas vidas dissolveram-se aos poucos; seus corpos viraram pó, dissipando-se no ar e sumindo com o vento.

– Eu sou Groot.

Rocky se virou e viu seu amigo e colega Guardião apoiado em uma árvore caída. Rocky sentiu um frio na barriga.

– Não – ele disse, indo para mais perto do amigo. Ele viu o corpo de Groot lentamente começar a virar poeira.

– Não – Rocky repetiu, cada vez mais rápido. – Não, não, não! Groot!

Ele estendeu os braços até o amigo, sabendo que não havia nada que pudesse fazer, mas sem saber *o que* fazer.

E Rocky soube que as coisas nunca mais seriam as mesmas.

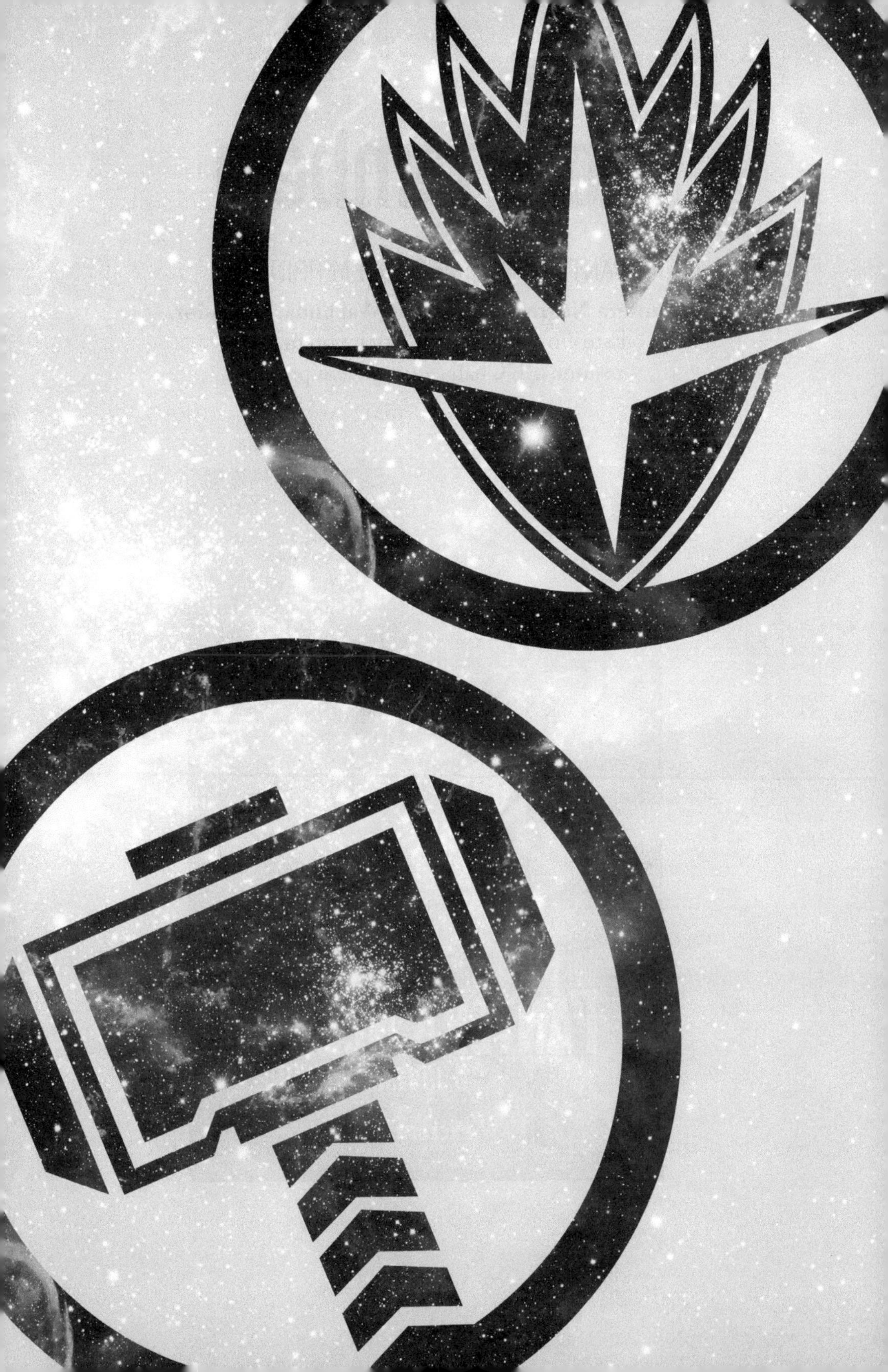

Leia também

PANTERA NEGRA: O JOVEM PRÍNCIPE

Pantera Negra. Soberano de Wakanda. Vingador. Este é o seu destino. Agora, porém, ele se resume a T'Challa – um jovem príncipe.

CAPITÃ MARVEL: A ASCENSÃO DA STARFORCE

A Starforce kree reúne os mais poderosos guerreiros de elite do negócio cósmico. Vers, a recruta mais nova, traz à equipe poderes impressionantes com suas explosões fotônicas, mas sua natureza impulsiva tem inspirado desconfiança junto aos outros membros da Starforce – Korath, Att-Lass, Bron-Char e, principalmente, Minn-Erva, a atiradora mais valiosa do time.

LOKI: ONDE MORA A TRAPAÇA

A pergunta que nos assombra há séculos: podemos mudar nosso destino?

Muito antes de encarar os Vingadores frente a frente, um Loki mais jovem está desesperado para provar seu heroísmo e sua capacidade, enquanto todos ao redor parecem esperar dele apenas vilania e depravação... exceto por Amora. A aprendiz de feiticeira de Asgard parece ser sua alma gêmea – alguém que valoriza a magia e a sabedoria, e que pode até enxergar o melhor que existe dentro de Loki.

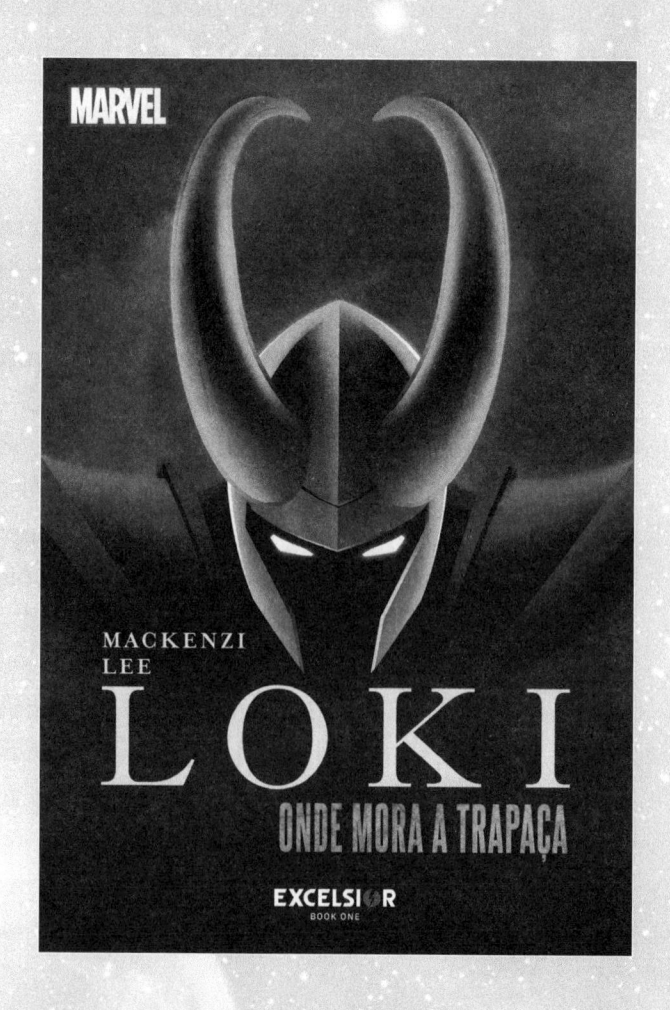

THANOS: TITÃ CONSUMIDO
**Tempo. Realidade. Espaço.
Mente. Alma. Poder.**
Descubra as origens do inimigo mais formidável
que os Vingadores, o Doutor Estranho, os Guardiões
da Galáxia e o Pantera Negra já enfrentaram –
um inimigo que até mesmo um grupo de indivíduos
extraordinários, unidos para lutar em batalhas que
ninguém mais poderia, não conseguirá parar...

Impressão **Coan**
Tipografia **Adobe** Garamond Pro